둥근 돌의 도시

둥근 돌의 도시

마누엘 F. 라모스 지음 ◆ 변선희 옮김

생각이 금지된 구역

살림

카르멜로 프리사스는 내리막길을 힘껏 달렸다. 경사진 길을 보면 뛰지 않고는 배길 수가 없었다. 조금이라도 경사가 졌다 하면 그는 미친 사람처럼 달리기 시작했다. 물론 달리기가 가장 건전하면서도 건강에 좋은 취미라고 생각할 수는 있다(의사들은 '달리기가 가장 건전한 운동'이라면서 다리가 운동을 하면 심장과 몸 전체가 운동을 한다고 말한다). 하지만 카르멜로는 이미 말했듯이 십여 마리의 늑대에 쫓기는 토끼마냥 달리며 신호등은 물론 도로를 쏜살같이 달리는 차들도 아랑곳하지도 않는다. 그래서 이미 여러 차례 팔다리와 코가 부러져 병원신세를 지기도 했지만, 그래도 그는 매우 행복했다.

그렇게 정신 나간 사람처럼 장애물을 헤치며 달리고 난 다음에 자신이 왜 그토록 행복감을 느끼는지 그도 이유를 몰랐다. 하지만 사실이 그러할 뿐이었다.

그와 같은 병실을 사용하는 사람들은 붕대를 감고 깁스를 한 그가 [마지막 순간에 메간느(Megane) 차를 피하던 모습을 기억하면서] 갑자기 혼자서 폭소를 터트리는 것을 보고 의아해했다.

이러한 습관을 빼면 카르멜로는 지극히 평범한 사람이었다. 따분할 정도로 정상적이었다. 그의 나이는 약 서른으로 2년 전부터 '선행과 사회보건부'에서 공무원으로 근무하고 있다. 도시 중심부에 15평 정도의 작은 아파트를 구입했고(직장에서 한 시간 정도 걸리는데 지하철을 세 번이나 갈아탄다) 5년이나 사귄 애인과는 진작부터 결혼 준비를 시작했다(아마 2년 이상 준비하면서 집을 팔고 여러 물건을 저당 잡히고 나서야 겨우 결혼할 수 있을 것이다).

그가 왜 아직도 정신건강의 집, 일반적으로 말하면 영원한 휴식의 집, 더 일반적으로 말하자면 '정신병원'이라고 하는 곳에 들어가지 않았냐고 의아해하는 사람도 있을 것이다. 사실 만나는 사람마다 그에게 같은 질문을 던졌다. 아마 가장 그럴싸한 답은 그가 '행성간 업무부' 장관의 아들이라는 점일 것이다. 하지만 아무도 장관이 지상의 그런 사소한 일에 관여할 거라고는 믿지 않는다.

카르멜로는 그저 즐거움에 겨워 달리고 또 달렸다. 경사가 아주 급한 도로 위를 달려갈 때는 마치 날아가는 것 같았다. 그때 길 한가운데서 소리를 지르며 발을 동동 구르는 여자가 있었다.

카르멜로는 그녀를 간신히 피해 지나쳤다. 그러면서 곁눈질로 슬쩍 보았는데 잘 아는 사람 같았다. 하지만 무시하고 계속 달렸다. 그녀의 고함 소리는 차츰 멀어져 갔고 그는 자신을 향해 달려오는 두 대의 자동차를 피하는 데 온 정신을 집중했다. 그때 자기 앞을 달리는 또 한 남자를 발견했다. 그는 아프리카산 영양처럼 달리고 있었지만 그의 동작은 과격할 뿐 우아하지는 않았다. 카르멜로가 참을 수 없는 게 있다면 다른 사람이 경사진 길이 끝나는 곳에 자신보다 먼저 도착하는 것이다. 그는 발을 더 빨리 굴렸다. 그를 따라잡아야 했고 그럴 수 있다고 확신했지만 아직은 안심할 때가 아니었다.

곧 두 사람은 나란히 뛰게 되었다. 그때 마치 인도산의 벵골호랑이 열다섯 마리를 연상시키는 재무부 조사관들이 그들을 뒤쫓고 있는 게 보였다. 남자는 핸드백으로 그를 밀치기 시작했다. 평상시 같았으면 남자가 핸드백을 갖고 있다는 사실이 이상하게 보였겠지만 지금은 그를 이기는 게 더 중요했다. 도로 끝에 도착하려면 교차로 두 개밖에 남지 않았다.

그는 남자가 핸드백으로 밀치는 것을 두 번이나 피했고 세 번째 밀치려고 할 때 그것을 낚아챘다. 결국 두 사람이 애꿎은 핸드백을 양쪽으로 붙잡고 나란히 달려가는 꼴이 되었다. 그 바람에 그들은 달려오는 메간느 차에 치이고 말았다. 카르멜로는 메간느 차량과는 운이 없는 편이었다. 다른 차들은 다 피해도 유독 이 차만은 피하지 못했기 때문이다. 그래서 그 차 모델을 몹시도 증오했다.

의식을 잃기 전에 마지막으로 본 것은 남자가 괴상한 포즈로 바닥에 쓰러져 있는 모습이었다. 하지만 자신이 내리막길의 끝에 더 가까이 있었다. 카르멜로는 만족스럽게 미소를 지었다. 경주에 이겼기 때문에.

***

"영웅이야. 내 말대로 카르멜로는 영웅이라고."

카르멜로의 상사인 돈 페드로가 만족스럽다는 듯 말했다. 키가 작고 뚱뚱한 체구의 그는 햄버거를 좋아하고 액션영화를 즐겨보며 매춘부들이 일하는 곳(이런 장소는 흔히들 사교클럽 또는 뿌띠클럽이라 불린다)을 자주 드나들었다.

"나는 믿을 수가 없어. 그렇게 대단한 도둑을 붙잡았다니!"

"유일한."

"……유일하고," 비서가 단어를 수정했다. 사실 아무도 이 비서의 정확한 이름을 알지 못한다. 모두 그녀를 메테 마리로 알고 있었고 애칭으로 '메테'라 불렀기 때문이다.

"이 도시에서 가장 위험한 도둑 말이에요."

"도시는 이제 예전 같지가 않아요." 나이 많은 체노아가 중얼거렸다(체노아에게는 이미 오래전에 이런 괴상한 이름을 지어 주었다. 그 당시에는 사람들의 이름을 흔히들 '바보상자'라고 부르는, 더 흔하게 텔레라고 부르는 '버추얼 비전'에 나오는 이름을 따서 지어 주었다). "예전 같지가 않다고. 전에는 거리를 다니다 보면 감동적인 일도 많이 일어났는데, 요즘은 모든 게 따분하고 비밀스러운 일도 없고……."

"필사적으로 추적해야 할 일은 있지요. 도둑이 겁도 없이 대통령 여사의 핸드백을 훔쳤다가 그만 우리의 친애하는 카르멜로에게 잡히고 말았지요."

돈 페드로는 우쭐거리려고까지 했다.

"그를 해고하지 않으실 건가요?"

"누가, 내가? 내가 언제 그런 말을 했소? 카르멜로를? 그렇게 능력이 출중한 사람을?"

"그의 '마니아'만 없으면 그렇지요."

"좋소, 좋아. 이해하오. 우리 모두 결점이란 게 있지요. 그렇지 않소? 사람이 운동을 좋아해서 여기저기 좀 쏘다니기로서니 뭐라고 나무랄 수는 없지 않소? 오! 실례하겠소. 장관님 전화요. 네……. 물론이지요……. 장관님, 이해를 합니다. 하지만…… 아니요! 물론입니다, 이해합니다. 네…… 국가적인 문제……

알겠습니다."

모두 신경을 곤두세운 채 돈 페드로의 얼굴이 붉은 장밋빛에서 엷은 자줏빛으로 변하는 모습을 지켜보고 있었다.

"지금부터 카르멜로가 당신들의…… 상사가 될 텐데…… 이건 내가…… 그러니까 우리가 서로 직위를 바꾼다는 뜻이오. 국가적인 결정이지요. 그럼요. 최고의 권한을 가진 곳이오. 하지만……." 그는 원래의 안색을 되찾으며 계속해서 말을 이었다. "하지만 위기는 곧 기회라고도 할 수 있지요. 한국인들도 이런 말을 했어요."

"중국인들이에요."

"일본인들이에요."

"누가 말했든 상관없소. 중요한 건 위기가 곧 기회라는 거지요."

"그렇다면 이제부턴 따끈한 개고기를 먹고, 야구를 하고, 월드컵 경기에서 이기고, 옥상에서 직원에게 총을 쏘겠네요?"

"당신 참 무식하기도 하군. 체노아, 그런 걸 발전이라고 합니다."

메테는 봄날 대서양의 모자반류 바다처럼 땅이 꺼질 것 같은 깊은 한숨을 내쉬며 전에는 왜 카르멜로가 매력적으로 보이지 않았는지를 생각해 보았다. 체노아는 자기만 정상적인 사람이라는 생각을 했다. 방금 평사원이 된 돈 페드로는 여러 해 동안 지시만 내리다 보니 실무 감각이 떨어져서 아무 생각도 나지 않았다.

***

카르멜로는 왼쪽 귀가 이상하게 서늘함을 느끼면서 깨어났다. 잠이 깨면서 이런 적은 한 번도 없었다. 더더구나 병원에서는. 하지만 기분은 좋았다. 비탈진 도로 끝을 자기가 먼저 도달했기 때문이다.

가벼운 옷차림의 간호사가 그의 위에 앉아 혀로 그의 목과 귀를 핥으며 신음소리를 내고 있었다.

다른 때 같았으면 그런 행동이 이상하게 여겨졌겠지만 치열한 경쟁 끝에 얻은 승리 때문인지 그에 합당한 상을 받는다는 생각이 들었다.

"당신의 아들을 갖고 싶어요. 영웅의 아들을요."

하지만 이건 전혀 다른 얘기였다. 외모가 괜찮은 간호사로부터 뜨겁게 달궈진 상을 받는 것과 자기 자신을 상으로 내주는 것은 완전히 달랐기 때문이다. 카르멜로는 저항해 보려 했지만 다리에 깁스를 하고 있어서 여의치가 않았다. 소리를 질러 보려고 했지만 그녀가 열정적인 키스로 카르멜로의 입을 막아 버렸다.

그와 함께 방을 쓰는 환자가 옆에서 초조한 눈초리로 바라보고 있었다. 정확하게 표현하자면 음탕한 표정을 짓고 있었다.

더 정확한 표현을 쓰자면 질투를 하고 있었다. 간호사를 격려해 준답시고 신음소리를 토해 내며 차마 글로 쓸 수 없는 말들을 내뱉었다.

간호사는 가엾은 카르멜로 위에서 흥분한 채 계속해서 헐떡이고 있었다. 카르멜로가 체념했을 때쯤 의사가 들어왔다. 그는 얼굴빛이 누렇고 코카콜라를 즐겨 마시고 이국적인 지역에 대한 여행 잡지를 즐겨 읽는 독자였다. 그가 크게 호통을 치면서 간호사를 밀치자 간호사는 카르멜로와 같은 방을 쓰는 환자의 침대 위로 떨어졌다. 카르멜로와 그 환자 모두 만족스럽게.

"어떻게 감히? 여기서 당장 나가시오! 이 일로 해고할 수도 있으니 각오하시오."

"저는 단지 영웅의 아들을 갖고 싶었어요. 그것도 죈가요? 그리고 너무 귀여워서……."

간호사는 옷을 반쯤 걸친 채 병실을 나가면서 중얼거렸다.

"정말 뭐라고 사과 말씀을 드려야 할지 모르겠습니다. 당장 스위트룸으로 옮겨 드리라고 지시를 내리겠습니다."

"그런데 여기는 병원 아닌가요?"

"네. 그렇긴 해도 병실마다 등급이 있습니다."

누리끼리한 얼굴의 의사가 말했다.

***

여성 대통령은 마호가니 나무로 된 기다란 탁자 끝에서 화가 난 표정으로 장관들을 바라보았다. 각료 회의를 열고 있는 중이었다. 장관들은 모두 대통령을 잘 알고 있어서 덜덜 떨고 있었다. 그녀가 그런 식으로 자신들을 바라볼 때는 폭풍우, 더 알맞은 표현으로 토네이도, 더 적당한 표현으로 몹시 심한 화풀이가 다가온다는 뜻이었기 때문이다.

"감히 내 핸드백을 훔치다니! 우리가 어떻게 이 지경까지 오게 되었소?"

"대통령 각하, 제가…… 설명을 해 드리겠습니다."

"그러시지요, '대외공격부' 장관. 말씀하시오."

"수십 년 전부터 이곳에서 도난 사고는 일어나지 않았습니다……. 그래서 우리가 치안병력의 숫자를 20퍼센트 줄이기로 결정을 했습니다……."

"우리라뇨? 저는 동의한 적이 없습니다!"

'선행과 사회보건부' 장관이 대답했다. 이 사람은 매음굴을 자주 드나들고(자신의 직원들의 대부분처럼), 식사를 빨리하고 루돌프 발렌티노 같은 과거의 영웅들에 대해 연구하기를 좋아한다.

"시간을 허비할 수가 없었소. 화성인들이 소란을 일으키는 바람에 지원군을 보내야 했지요, 생각해 보시오. 악당이 네 명이나 되었단 말이오!"

"다행히도 교육을 잘 받고 훈련도 잘 받은 저의 훌륭한 아들이," '행성간 업무부' 장관이 우쭐대며 말했다. "생명의 위험을 무릅쓰고 그 망나니를 잡았지요."

대통령이 환하게 미소를 짓자 회의실이 밝아졌다. 장관들은 모두 그녀의 미소에 넋을 잃고 잠시 동안 그녀를 멍하니 바라 보았다. '나쁜 환경부' 장관조차 자신이 그런 아름다운 미소를 갖고 있다면 대통령도 될 수 있고 연애도 많이 할 수 있을 거라고 생각했다. 그는 가재와 바지락을 좋아하고 역겨울 정도로 돈이 많았다. 빌 게이츠의 먼 후손이라서 더 유명했다.

"우리는," 늘 대중에게 둘러싸여 사람들의 시선을 한 몸에 받는 대통령은 가끔씩 이런 복수형을 사용하면서 자신의 위엄을 드러낸다. "장관의 아드님이 보여 준 훌륭한 행동에 무한한 감사를 표하는 바이오."

'행성간 업무부' 장관은 최신 제품인 자동조절 팔걸이의자에 몸을 기댄 채(불쌍한 의자는 장관이 움직일 때마다 그에 맞추어서 완벽하게 조절을 해야 했다) 이제 곧 자신의 급여가 크게 오를 것이고 권한도 많아질 거라는 생각을 하면서 〈성공작전〉(이 표현의 근원지가 어디인지 확실하게 알려지지는 않았지만 폭넓게 사용된다) 의 성악가처럼 만면에 미소를 지었다.

"나는," 대통령이 엄숙하게 발표했다. "오늘부터 '행성간 업무부' 장관이 '대외공격부' 장관이 하고 있는 일을 함께 담당하도록 결정했소."

불평하는 소리가 회의실 여기저기서 들려왔다.

"반대하는 사람 있습니까?"

"훌륭한 결정이십니다."

"진정으로 현명한 결정이십니다."

"멋집니다."

"좋아요. 좀 더 효율적이고 사람들의 요구에 더 잘 대응하기 위해서 빨리 조직을 재편할 필요가 있다고 생각했지요. 내가 보기에 우리는 바로 처리해야 할 과제를 앞에 두고 서로 핑계만 대고 있는데, 이래서는 안 되지요. 내일부터 완전히 새로운 조직을 만들 겁니다. 각 부서마다 구상을 하고 구체적인 계획을 작성해서 나에게 음성 이메일을 보내 주시오. 그러면 나는 오후에 승인을 할 것이오."

그런 후 대통령은 1미크로네시아 초도 안 되는 순간 동안 생각을 했다.

"아! 내가 잊어버린 게 하나 있습니다. 우리는 더 효율적이어야 합니다. 그렇지 않으면 뭐하러 조직을 재편합니까? 이 자리에서 '대외공격부' 장관을 해고하겠소. 당신들은 모두 그 책임을 분배하면서 그 일을 담당하시오. 회의는 이제 끝났습니다. 74시간 15분 후에 다시 회의를 소집하겠소."

장관들은 모두 입을 다문 채 대통령의 날씬한 몸이 위엄 있게 걸으며 회의실을 나가는 것을 바라보았다. 그들은 대부분 아무 생각도 하지 않았다. 단지 자기 상사의 엉덩이가 멀어져 가는 것을 넋을 잃고 바라보았다('나쁜 환경부' 장관만이 '종교통제와 성 억제부' 장관을 음탕하게 바라보고 있었다). 그들의 두뇌는 동시에 여러 가지 생각을 할 수 없었다. 하지만 해고된 '대외공격부' 장관은 지난주에 모든 항목의 예산을 90.49퍼센트 줄이고 퇴직 장관을 위한 종신연금을 249퍼센트 올리기로 한 결정 덕분에 자신이 죽을 때까지 받게 될 엄청난 액수의 돈을 생각하고 있었다. 카르멜로의 부친은 혼란한 틈을 타서 권력을 최대한 자기 것으로 만들기 위해 어떤 전략을 사용하는 게 가장 좋을지 골몰했다. 그는 데카르트적인 유추를 통해서 자신의 목표를 달성하기 위해서는 문제를 확대하지 않는 것이 좋다는 결론에 도달했다.

대통령은 회의실 문을 닫고 안도의 한숨을 내쉬었다. 이제 모두들 조직을 개편하는 데 몰두할 것이다. 그동안 그녀는 자신의 머릿속을 꽉 채우고 있는 것을 위해 시간을 낼 수 있을 것이다.

'카르멜로 프리사스, 나의 영웅.'

***

병원의 스위트룸은 카르멜로가 생각했던 것보다 훨씬 더 훌

룡했다. 방 여기저기 아시아의 사치품들이 즐비했고 그를 돌보는 다섯 명의 간호사들이 늘 대기하고 있었다(다행히 지난번 간호사보다 다들 얌전했다).

그는 사람들이, 자기가 왜 내리막길만 보면 신들린 사람처럼 뛰어 내려가는지 궁금해하지 않는 게 신기했다. 그리고 페르시아산 카펫의 얼굴을 하고 수첩과 연필과 연필깎이를 들고 들어오던 정신과 의사는 도대체 어디로 사라진 걸까? 카르멜로가 얼이 빠진 사람처럼 자신이 어떤 치료를 받고 있는지 물어보면 모두 공모를 한 듯 미소만 지어 보였다.

"지금까지 5차원 알파 은하계에서만 사용되던 초특급 회복 방법이지요."

의사는 입을 활짝 벌리며 미소를 지었다. 그는 지구나 다른 곳에서 인간을 대상으로 그 방법을 시험해 보려고 수년 동안 노력했다. 지금까지 구아리파체스, 즉 알파 은하계에 살고 있는 돼지와 삽살개를 섞은 이상한 동물에게만 실험을 해 왔기 때문이다. 그는 성병을 꼬투리 삼아 두 장관에게 협박을 하고 공공치안 대표에게 독을 투여하고 '선행과 사회보건부'의 고위 관료들에게 커미션을 지불하면서 이 방법을 사용하는 데 필요한 허가를 얻어 냈다. 왜냐하면 상황이 시급했기 때문이다. 대통령이 자신의 영웅에게 그 방법을 사용할 것을 직접 지시했던 것이다(아마도 어떤 보좌관이나 인기가 많은 기자 또는 자신의 비서로부터 잘못된 조언을 받았을 것이다. 분명히 그 비서는 세상의 과학 프로그램들을 다 보았을 것이다).

"몸에 전혀 해롭지는 않겠죠?"

카르멜로가 걱정스레 물었다.

"전혀 그렇지 않아요. 전혀요. 보이트 & 호프만 스칼라에서 효율성 95퍼센트가 증명되었지요. 절대 걱정하지 마세요."

카르멜로는 더 이상 걱정하지 않았다. 그는 의사들을 무조건 맹신하는 지극히 평범한 사람이었기 때문이다. 그래서 그를 무작정 방에 데려가 테이블에 묶었을 때도 저항하지 않았고, 그의 몸을 나프탈렌 크림이 발린 마지팬 냄새가 나는 *끈끈한* 액체로 완전히 덮었을 때도 가만히 잠자코 있었다.

"이제 움직이지 마십시오. 다 잘될 거요."

의사가 엉덩이를 긁적이며 말했다. 그의 옆에 있던 간호사는 모든 것이 잘돼서 그 매력적인 남자가 빨리 회복되기를 바랐다. 그래서 둘이 들로 나가 강에서 보트도 타고, 꾀꼬리가 노래를 부르고 봄바람이 살살 불어올 때 나무 꼭대기에서 사랑도 하는 날이 오기를 기대했다.

***

몸집이 큰 남자 두 명이 광부의 얼굴처럼 캄캄한 밤에 육중하

18

게 거리를 걸어가고 있었다. 수년 전부터 함께 일을 해 왔지만 서로에 대해서 잘 몰랐다. 이것이 그들의 직업적인 특징이었다. 서로를 잘 모르는 게 훨씬 나았다.

"자네 이름이 뭔가?"

"나?"

"그래, 자네."

"라미로."

"라미로?"

"라미로."

"라미로…… 누가 자넬 라미로라고 생각하겠나. 나는 자네 이름이…… 글쎄, 크리스찬 또는 다윗, 또는 리치…… 뭐 그런 걸 거라고 생각했지."

"라미로."

"세상에."

"자네는?"

"이름을 말해도 될지 모르겠네."

"나는 이미 말했잖은가."

"이미."

"그러니 어서."

"그러니 어서, 뭘?"

"자네 이름 말이네."

"왜 그렇게 궁금한가? 나한테 무슨 비밀을 캐내려고 그러는 건 아니겠지, 그렇지?"

"좋아. 아무래도 상관없네. 토니."

"토니? 그건 내 이름이 아니야. 내 이름은 카르멜로라네."

"그럴 수가!"

"왜 그런가?"

"그건 영웅의 이름인데. 버추얼 비전에서 나왔지. 자네는 영웅이 될 수 없어."

"왜 안 되지?"

"자네는 영웅이 아니야. 안 그런가?"

"영웅이 아니지."

"그럼 그렇지."

"어쨌거나 내 이름은 카르멜로야."

"마음대로. 이보게, 우리가 같이 일한 지 얼마나 되었나?"

"적어도 5년."

"하지만 서로에 대해 아는 바가 너무 없군."

"그렇지. 이제라도 우리가 서로를 알게 되어서 기쁜걸."

"나도 그래."

몸집이 큰 두 사람은 흑옥처럼 깜깜한 밤중에 멈춰 서서 뜨겁게 악수를 나누었다. 그리고 다시 무거운 발걸음을 떼었다. 그러다 문득 두 사람은 49번지 건물 앞에서 멈추어 섰고 피곤한 얼굴로 서로를 바라보고는 건물 안으로 천천히 들어갔다. 어디로 가는지는 알고 있었다. 승강기를 타고 5층을 눌렀다.

"이 직업을 찾은 게 얼마나 다행인지. 9년 4개월 전이 생각나는군. 그때는 내가 정신 나간 짓을 많이 했고 딸과 함께 C3D4TO CADO의 양방향 멀티미디어 공연에 갔지. 정말 인기그룹이었는데 내가 특별히 좋아해서 간 건 아니야. 내 딸이 푹 빠져 있었는데 같이 갈 사람이 없었기 때문이지."

"나도 좋아했는데. 공연을 곧잘 했지. R2D2AGUA처럼 말이야. 하지만 좀 더 가벼운 스타일이지."

"문제는 우리가 깡충깡충 뛰다가 내 다리가 부러졌다는 거야. 매우 위험한 공연이었다네. 빽빽이 들어선 사람들이 계속해서 소리를 지르고 옷소매들을 걷어 올렸지. 경찰들이 개입을 해야만 했네. 그 사건이 나를 완전히 곤혹스럽게 만들었지. 내 상사가 이를 빌미로 나를 해고했다네. 나를 말이지! 나는 가장 경력이 많은 직원이었는데……. 다리가 부러진 사람은 그 일을 할 수 없다고 하면서 말이지. 상상이 되나?"

"아니."

"그렇다네. 나는 해고되었고(10년을 1개월 못 채웠다는 이유로 퇴직금도 없이) 희망을 잃었는데, 그 모든 게 C3D4TOCADO 때문이었지."

몸집이 큰 두 사람은 승강기에서 나와 1B 문을 세게 밀었다.

한 여자가 속이 훤히 비치는 나이트가운을 입고 있었다. 그녀는 깜짝 놀라 소리를 지르기 시작했다. 하지만 두 남자는 완강했고 아주 능숙하게 그녀의 팔과 다리를 묶었다. 그리고 입에는 반창고를 넉넉하게 붙였다.

"이제 어떡하지?"

"글쎄. 자네 혹시 그거 아나? 회사가 조직을 개편하고 구조조정을 했다는데, 우리도 곧 어떻게 될 거라 생각하네."

"참 한심한 인생이군. 우리는 가치가 없어. 단지 숫자에 불과해."

"꼭 필요한 사람은 없어."

여자는 묶인 팔다리를 풀려고 발버둥 쳤으나 소용이 없었다. 남자가 그녀의 머리를 한 대 쥐어박았다. 그리고 멀티미디어 상호교신장치(목소리와 손가락을 자동으로 인식한다)를 들고 대통령의 번호를 눌렀다.

"여자를 잡았습니다. 이제 어떻게 하지요, 각하?"

"빌어먹을! 왜 나한테 전화를 하는 거야?"

"그녀를 어떻게 해야 할지 몰라서요."

"마음대로 하게. 하지만 적어도 삼사 주 동안은 내 눈에 띄지 않기를 바라네. 다시는 전화하지 말게. 알았나?"

"알겠습니다."

'성질 한번 대단하시네!'

"어느 날 잠에서 깨어 보니 침대가 텅 비어 있더군. 모든 것을 다 가져가 버렸지. 나는 직장을 잃고 부인도 잃고 딸도 잃었다네(부인과 함께 가 버렸지). 더더군다나 그날은 월요일이었어."

"최악이군."

"그러게 말이야."

***

카르멜로는 두려운 마음으로 퇴원을 했다. 이곳에 입원한 지 이틀 만에 목발과 깁스 없이 퇴원했다는 게 믿기지 않았다. 하지만 몸에 털이란 털은 다 빠지고 피부는 새끼돼지의 피부처럼 붉은색을 띠었다. 의사는 그런 부작용은 길어야 일 년 뒤면 사라질 거라며 그를 안심시켰다.

사실 의사는 매우 흥분했다. 이렇게 결과가 좋은 건 거의 기적에 가깝다고 했다. 카르멜로는 한숨을 쉬고 손에 쥐어 준 메모지를 보았다. 그것을 펴서 큰 소리로 읽었다.

"저는 당신 거예요. 저를 당신 마음대로 하세요, 나의 영웅. 저는 하늘까지 따라갈 거예요. 제 전화번호는 494-949-4949예요."

카르멜로는 고개를 천천히 설레설레 저었다. 그는 병원의 간호사들에게 지쳐 있었다. 모두 정신이상자들이었다.

"뼈가 훨씬 더 강해진 것을 느낄 수 있을 겁니다. 앞으로는 뼈가 잘 부러지지 않을 거예요. 사실 그건 부작용이랍니다. 하지만 정말 잘되지 않았습니까? 이제 교통사고를 당해도 뼈가 부러지지 않는다는 것을 알게 될 겁니다."

좋은 의사였다. 운이 좋았다.

그때 짙은 녹색의 리무진이 그의 앞에서 멈추었다. 신기하게 문이 자동으로 열리더니 차 안에서 우렁찬 목소리가 들렸다.

"차에 타시오. 물어뜯지 않을 테니까."

영웅 카르멜로 프리사스는 놀란 새끼 양처럼 고분고분 차에 올라탔다. 그의 앞에는 그 누구의 마음도 사로잡는 매력적인 여자가 다리를 꼬고 앉아 있었다. 그녀는 새빨간(현기증이 날 정도였다) 미니스커트를 입고 같은 색의 톱을 입고 있었다. 하지만 톱은 풍만한 가슴을 제대로 가려 주지 못했다. 카르멜로는 그녀를 보고도 마음이 동요되지 않았다. 그의 머릿속에는 아직도 그녀의 단호하면서도 우렁찬 목소리가 울리고 있었고, 그런 만큼 그녀의 인상이 너무 강하게 느껴졌기 때문이다.

"안녕, 카르멜로. 내가 누군지 아는지?"

다행히도 그녀의 목소리는 달콤하고 관능적이었다. 좀 전에 들은 목소리와는 사뭇 달랐다. 그는 다소나마 안정을 되찾았다. 여자를 가만히 쳐다보니 누구인지 알 것 같았다.

"마리오나 라 벨르 피터슨 잭슨, 여배우인가요?"

그녀는 매우 친절하면서도 언짢다는 듯 얼굴을 찡그리고 고개를 저었다.

"음, 그러면 페넬로페 홀리아 키드위먼 크루즈, 스타들의 정신과 의사?"

그녀는 폭소를 터뜨리며 다시 고개를 저었다.

"당신이 우리 아버지의 새로운 애인이 아니라면 누군지 잘 모르겠어요."

"내가 대통령이라면……."

"우리 아버지의 애인들 중 대표?"

"그게 아니에요! 세계의 대통령……. 오, 어리석기는! 나의 화를 돋우는군, 나의 영웅."

대통령은 수탉이 울고 참새가 날아가는 순간에 카르멜로의 무릎 위에 올라 그의 얼굴에 계속해서 키스를 퍼부었다.

"당신은 너무 용감해…… 그때 이후로 단 한순간도 당신을 잊어 본 적이 없어."

"차를 멈추시오!" 카르멜로가 소리쳤다.

"무슨 일인가?"

"지금 당장 내려야 합니다."

"멈춰." 대통령이 명령했다.

두 사람은 차에서 내려 카르멜로가 잘 알고 있는 공원 앞에 섰다. 사실 그가 제일 좋아하는 공원이다. 세상에서 가장 멋진 비탈진 도로가 있었기 때문이다. 도로에는 지나가는 메간느 차가 한 대도 보이지 않았다! 눈앞에 펼쳐진 그 길이 카르멜로를 유혹하고 있었다. 대통령이 술에 취한 듯한 목소리로 카르멜로에게 무슨 일인지, 어디가 아픈지 묻고 있었다. 하지만 카르멜로의 기분은 최고였다. 그는 대통령의 손을 잡고 달리기 시작했다.

처음에는 모든 것이 생각대로 되지 않았다. 그녀가 굽 높은 뾰족한 하이힐을 신고 있었기 때문이다. 하지만 뛰다가 신발이 벗겨진 뒤로는 속도가 빨라지기 시작했다.

두 사람은 야자나무, 벚나무, 삼나무, 떡갈나무, 사과나무, 석남화, 피쿠스, 왜전나무, 야생 장미나무가 줄지어 선 도로를 날아갈 듯이 뛰어갔다. 카르멜로는 행복해서 웃었고 대통령은 아무 말도 하지 않았다. 넘어지지 않고 자기의 영웅을 빠른 속도로 따라가느라 신경을 곤두세우고 있었기 때문이다. 하지만 그녀의 양볼은 평소와 다르게 장밋빛을 띠고 있었다.

도로 끝에 잔디밭이 보이면서 아름다운 르네상스식 분수가 눈에 띄었다. 이 분수는 16세기경, 불멸의 달리가 만들었다고 한다(비록 수천 년 전에 지금과 같은 장비 없이 그런 훌륭한 것을 만들었다고는 아무도 믿지 않았지만). 그들은 숨을 몰아쉬며 파릇파릇한 잔디밭에 쓰러졌다. 카르멜로는 기분이 최고였다. 자신의 생에서 가장 감격스러운 날이었다. 왜냐하면 처음으로 다른 사람과 함께 손을 잡고 달렸고 그곳을 지나가던 작은 노파와 부딪

히는 것 외에 큰 사고 없이 도로를 완주했기 때문이다(대통령은 노인들을 피하는 데 능숙하지 못했다).

그는 대통령을 바라보았다. 대통령의 머리는 산발이 되고 미니스커트는 옆구리가 찢어져 있었다. 톱은 위로 올라가서 리드미컬하게 오르내리는 그녀의 풍만한 가슴을 거의 다 드러내 보였다. 그녀는 그를 바라보면서 생각을 해 보려고 했으나 불가능했다. 그저 그의 심장이 야생말처럼 리드미컬하게 뛰는 소리만이 들렸다. 카르멜로는 그녀를 팔로 안았다. 순간 그녀가 지구상에서 가장 아름다운 여자라는 생각이 들었다. 그래서 천천히 매순간을 만끽하면서 그녀에게 입을 맞추었다.

나이가 지긋한 정원사는(그의 이름은 다빗 비스발. 그의 삼촌을 기리기 위해 그런 이상한 이름을 지어 주었다. 이 이름 역시 버추얼 비전에 나왔던 이름이다) 평지의 동쪽 끝에서 상추를 가꾸면서 그 장면을 구경했다. 그는 행복한 미소를 지으며 사랑은 정말 아름다운 것이라 생각했다. 달리가 만든 르네상스식 분수 옆에서 사랑을 나누는 젊은이들보다 아름다운 게 또 있을까? 정원사는 자신도 그곳에서 자기 부인에게 세상에서 바라는 유일한 것은 그녀를 갖는 거라고 소리치면서 그녀와 했던 행동을 떠올렸다.

＊＊＊

"일전에,"

'행성간 업무부' 장관이 자신의 동료인 '도시 파괴와 행성 회복부' 장관과 '사회 정보문화와 불필요한 조직부' 장관이 베푼 성대한 파티에서 이야기를 나누고 있었다.

"'나쁜 환경부' 장관이 술이 잔뜩 취해 있었는데, 얼마나 많이 취했던지 내가 얘기 좀 하려고 가까이 가도 나를 알아보지 못하더군요. 얼마나 창피한 일인지요, 안 그렇소? '기관'이 주최하는 파티에서 체신을 지키지 못하다니. 그런 사람에게 많은 권한을 줘서는 안 되지요."

"맞소. 그런 일이 일어나서는 안 되오."

"좀 더 원활하고 효율적인 조직으로 거듭나기 위해선 그의 권한을 반드시 뺏어야 한다고 생각합니다. 안 그런가요?"

"당연하지요, 당연하고말고요. 내가 전적으로 지원해 드리겠소. 어떤 제안을 하느냐에 달려 있지만 말이지요."

"물론이지요. 어찌 되었건 '나쁜 환경부'의 문제는 '행성간 업무부'와도 관계가 있고 '회복과 도시화부'와도 관련이 있지요."

"내가 전적으로 지원하겠소."

이삼 미터 떨어진 곳에 있는 '세계 정치부' 건물의 49번 복도에(이곳은 치즈처럼 생긴 이상한 모양으로 Caprice dex Dieux, 즉

'변덕스러움'의 상징인 건물이다. 그리고 최근 통과된 몇몇 어이없는 법안들 때문에 '푸른곰팡이' 치즈라는 별명이 생겼고 과거 몰락한 왕을 기리기 위해 세워졌고 구멍이 숭숭 난 그리아 치즈처럼 '비밀' 창문이 많다고 해서 게이츠 건물로도 알려져 있다)—괄호 안에 주를 너무 길게 달아서 그 전에 무슨 내용이 있었는지 아무도 기억을 하지 못할까 봐 다시 반복한다—이삼 미터 떨어진 곳에 있는 세계 정치부 건물의 49번 복도에서(이 건물은 최근에 이전한 세계의 수도로 대중교통 수단, 바, 식당, 가게, 매음굴, 몇몇 얼빠진 회사를 제외하곤 유익한 게 하나도 없다)—이제 약간만 반복한다—이삼 미터 떨어진 곳, 치즈 냄새 나는 건물의 49번 복도에서 '나쁜 환경부' 장관과 '종교 통제와 성 억제부' 장관이 대화를 나누고 있었다.

"하지만 그것을 막기 위해 할 수 있는 게 아무것도 없습니다. 어찌 되었든 영웅의 아버지니까요. 영웅은 대통령의 지지를 받고 있지요."

"단순한 지지 이상이지요. 이 사진들 좀 보시오. 몇 시간 전에 찍은 것들이지요."

장관은 대통령이 비탈길을 달리고 있는 사진과 달리가 만든 분수 옆에서 카르멜로와 함께 누워 있는 사진을 보았다.

"이 사진들은 엄청난 가치가 있지요."

"하지만 우리는 아무것도 할 수 없어요. 그들이 사진들을 없앨 거요. 현명하게 처신을 해야 합니다. 그들은 영웅을 데리고 있으니까요."

"그를 우리 편으로 만들어야 할 겁니다. 어둠의 세계로 그를 끌어들이는 것이지요."

"한 가지 해결책이 되겠군요. 기다리시오. '도시 파괴와 행성 회복부' 장관이 이곳으로 오고 있소. 그와 꼭 얘기를 나누어야 겠소."

서로 몇 마디를 논의하는가 싶더니 "언젠가," 하며 '나쁜 환경부' 장관이 주위를 환기시켰다. "'사회 정보문화와 불필요한 조직부' 장관이 베푼 성대한 파티에서 '행성간 업무부' 장관을 만났는데 술이 잔뜩 취해 있었소. 얼마나 많이 취했던지 가까이 가도 알아보지 못할 정도였소. 그는 스펭글리시아르시아노로 말하면서 왔는데, 그 언어는 행성과 행성 사이에 거류하는 사람들이나 쓰는 언어지요. 얼마나 창피한 일인지, 안 그렇소? '기관'의 파티에서 체신을 지키지 못하다니. 그런 사람은 많은 권력을 누려서는 안 되지요……."

"맞소, 그런 일이 일어나서는 안 되오."

"좀 더 원활하고 효율적인 새로운 조직을 위해 그의 권한을 줄여야 한다고 생각합니다. 안 그런가요?"

"당연하지요, 당연하고말고요. 내가 전적으로 지원해 드리겠소. 어떤 제안을 하느냐에 달려 있지만 말이지요."

"물론이지요. 어찌 되었건 '행성간 업무부'의 문제는 '나쁜 환경부' 문제와도 관계가 있고 '회복과 도시화부'와도 관련이 있지요."

"내가 전적으로 지원하겠소."

***

신발 소리만이 차가운 거리에서 유일하게 침묵을 깨고 있었다. 그 남자는 타다 남은 재처럼 깜깜함 어둠 속에 멈추어 서서 깊은 한숨을 내쉬었다. 그리고 계속 걸어가다 갑자기 49번지 거리에 멈추고는 지친 표정으로 위를 바라보더니 건물로 들어갔다.

엘리베이터에서 5층을 누르고 오랜 연인이자 수년간 함께 단출한 결혼식을 준비해 온 그녀에게 세계의 대통령과 관계를 가진 사실을 어떻게 설명할지 생각하고 있었다.

카르멜로는 엘리베이터에서 내렸다. 그런데 1B의 문이 열려 있었다. 집 안으로 살그머니 들어갔다. 집 안은 레몬빙수보다 더 헝클어져 있었다. 바닥에 흩어진 많은 물건들을 비켜 가며 부엌으로 향했다. 아파트의 구조를 잘 알고 있어서 어렵지는 않았다. 그는 찬장을 열고 잔을 꺼내더니 냉장고에서 재빨리 병을 하나 꺼냈다.

마라쿠야 주스를 마시는 동안 그는 그곳에서 무슨 일인가 일어났다는 것을 분명하게 깨닫고 있었다. 그의 애인은 집에 없었다. 한편으로 그 사실이 다행으로 여겨졌다. 그녀에게 설명을 하지 않아도 되었기 때문이다. 다른 한편으로 무서운 의심이 일었다. 그녀는 어디에 있을까? 그녀에게 무슨 일이라도 일어난 걸까?

한밤중에 돌아가지도 않는 머리를 쓰느라 순간 그는 머리가 터져 버릴 지경이었다. 하지만 모든 일이 곧 잘될 거라는 확신이 들었다. 일어났던 일에 대해 설명을 잘할 수 있다는 생각이 들었기 때문이다. 그때, 전화벨이 울렸다.

"여보세요."

끊어졌다.

잘못 걸려 온 전화였다.

카르멜로는 피곤해서 소파에 쓰러졌다. 전화벨 소리에 그의 시원찮은 상상력과 추리력도 사라져 버렸다.

"집으로 가는 게 좋겠어."

"나도 그렇게 생각하네."

갑자기 앞이 캄캄해졌다. 광부의 얼굴이나 흑옥이나 타다 남은 재보다 더 어두워졌다.

몸집이 큰 남자가 기절한 카르멜로의 몸을 소파에서 들어 어깨에 들춰 메고 자신의 한심한 운명과 사람들을 뚱뚱하게 만드는 케이크를 저주했다. 그리고 카르멜로를 짐짝처럼 바닥에 떨어트렸다.

"마라쿠야 주스나 한잔 마셔야겠군." 남자는 중얼거렸다.

***

대통령은 고개를 들고 거드름을 피우며 방을 걸었다. 순간 주변을 둘러보고는 아무도 없다는 것을 확인했다. 당연한 일이다. 밤이 깊었고 자신의 사무실이기 때문이다. 하지만 대통령으로서 무슨 일이 일어날지, 누구를 만날지 모르기에 항상 긴장을 하고 있어야 한다.

거울에서 발그스레한 얼굴과 헝클어진 머리와 고양이처럼 번쩍이는 이상한 눈길을 보았다. 오랜만에 자신의 이런 모습을 보는 것 같았다. 잠시 전율을 느꼈다.

카르멜로와 헤어진 지 4시간 7분밖에 되지 않았는데 영원처럼 오래된 것 같았다. 사실 그녀는 좀처럼 일에 몰두할 수 없었다. 이런 일은 처음이었다. 더 최악인 것은 신문기자가 그녀에게 차기 행성 간 정상회담에서 가장 중요한 의제가 무엇이냐고 물었을 때, 태연스럽게 달리가 만든 분수가 있는 녹지대를 더 늘려야 한다는 말을 내뱉은 것이다. 그녀의 답변을 디지털 수첩(연필로 적을 수 있고 목소리를 인식하는 기능이 있다)에 기록하던 기자의 놀라고 당황한 표정을 본 그녀는 재빨리(달리가 만든 분수에 가능한 빨리 투자를 해야 한다고 생각을 하면서) 가장 중요한 의제는 어린아이들과 노인들에게 보다 나은 삶과 미래를 보장하고 은하수의 평화를 유지하기 위해 해로운 환경 계획을 수정하는 것이라고 말했다.

그녀는 아직도 자신에게 무슨 일이 일어났는지 몰랐다. 확실한 건 마지막 세기에 행성이 낳은 유일한 영웅을 원한다는 사실 하나와(세계의 대통령에게 합당한 것), 열정에 이끌리는 바람에 서류, 파일 케이스, 방향감각과 정치적인 수치심까지 잃어버렸다는 사실이었다. 그날의 달콤했던 기억을 떠올리는 순간 다리가 덜덜 떨리기 시작했다. 자동차 안에서 본 카르멜로, 그녀를 붙잡고 비탈길을 뛰어 내려간 카르멜로, 축축한 잔디 위에서 그녀를 황홀하게 해 준 카르멜로, 그 이외 여러 가지를 해 준 카르멜로……

계속 생각에 빠져 있을 수는 없었다. 4시간 27분 30초를 카르멜로 없이 지냈다. 그를 잊어버리기에 충분한 시간이었다. 이제 차기 정상회담을 준비해야 했다. 버추얼 비전을 틀었다가 다시 껐다. 그녀는 음악을 들으면서 마음의 안정을 찾으려고 했다(음악은 지도자나 정치가들을 제외하고 20년 전부터 금지되었다). 그러나 아무 소용이 없었다. 마침내 발리움2500(방부제나 색소를 함유하지 않은) 세 알을 먹고는 최고의 디자이너들이 디자인한 접이식 팔걸이의자에 앉아 잠을 청했다.

그녀는 아침 늦게, 참을 수 없는 죄의식을 느끼면서 잠에서 깨어났다. 자기 영웅의 이름이 계속해서 떠올랐기 때문이다. 성까지도. 카르멜로 프리사스. 무척 남자다워 보였다.

그녀의 개인 비서가(남자다) 들어와서 세심하게 그녀가 목욕을 하고, 의상을 고르는 것을 도와주면서 하루 일정을 가르쳐 주었다. 그 비서가 없이는 아무것도 할 수 없었다. 부모님의 집에 전화도 걸 줄 몰랐다.

"책상 위에 새로운 정부 구조에 대한 장관들의 제안서가 놓여 있습니다."

"좋아. 지금 사인을 하지."

대통령은 책상으로 가서 멀티미디어 펜(목소리, 손발, 종이를 인식하고 인터넷도 되고 디지털 온도계까지 장착된)을 쥐고 제안서에 서명을 했다.

"대통령 각하." 비서가 불만을 표시했다. "이 제안서들은 완전히 엉터리입니다. 그들은 자신들의 권한만 잔뜩 늘렸을 뿐 일에는 소홀히 해 왔습니다. 한 부서에 그 권한을 나눠 가지려는 장관이 다섯 명이나 됩니다. 제 생각에는 누군가 제안서를 정돈해서 제대로 질서를 갖추도록 해야 할 것 같습니다. 이대로 두었다간 혼란을 야기할 겁니다."

"이만하면 훌륭해."

"하지만……."

"아, 나의 훌륭한…… 자네, 이름이 뭐지?"

"제 이름은 아드……."

"됐어, 됐어. 자네 나랑 자 본 적 있나?"

"그건…… 저, 각하, 사실은……."

"됐어, 됐어. 나한테 이름 하나를 물어보게."

"이름이요?"

"그래. 나에게 이름을 하나 대 보라고 하게."

"이름을 하나 대 보세요. 남자 이름이요?"

"카르멜로 프리사스."

"아! 영웅이지요."

"오, 이런 세상에! 도대체 잊을 수 없어. 여기에 서명을 하는 이 순간에도 그 이름이 머리에서 사라지지를 않네."

"죄송합니다!"

"괜찮아, 괜찮다고. 자네에게 정치를 하는 기술을 설명해 주지. 집안싸움에 몰두하는 장관들을 그냥 내버려 두는 것 이상 좋은 게 없다네. 알겠나? 진짜 중요한 문제들은 저절로 해결되게 마련이야. 문제가 생기면 장관 하나를 해고하면 그만이고. 이게 바로 혼돈의 정치라는 거야. 이건 기업 이론이고 21세기 초에 완성되었네. 내가 그 책을 발견할 때까지 거의 잊혀졌었지."

"책이라니요? 무슨 책입니까?"

"됐어, 됐다고. 그만 나가 보게."

"네, 각하. 아! 영웅에 대해 말씀드릴 게 있었는데 잊어버릴 뻔했습니다."

"카르멜로?"

"사라졌습니다."

"사라졌다고?"

"네, 대통령 각하. 납치를 당한 것 같습니다."

***

"나는 하나도 이상하지 않아."

여자는 아무 말도 하지 않았다. 커다랗고 초록빛이 돌고 남태평양의 폭풍우 치는 황혼녘에 은빛과 회색빛을 반사하는 푸른 눈으로 자기 앞에 앉아 있는 몸집이 큰 남자를 뚫어지게 바라보았다.

"영웅이 너처럼 아름다운 애인을 갖고 있는 건 당연해." 그가 한숨을 쉬었다. "내 생각에…… 나는 미친 짓을 저지를 거야. 그래, 나는 할 거야. 어때?"

그녀는 아무 말도 하지 않고 낡은 나무의자에 잠자코 앉아 있었다. 잠을 자지 않을 때만 걸치는 얇고 속이 거의 비치는 나이트가운을 입고 있었다. 그녀의 짙은 보랏빛 눈동자만이 등 뒤로 그녀를 감싸 안은 몸집이 큰 남자를 따르고 있었다. 그는 최신 유행하는 축 늘어진 빨간색 머리카락을 매만졌다. 여자는 몸을 돌리려고 했지만 손발과 허리가 단단히 묶여 있어서 움직일 수가 없었다. 소리를 지르려고 했지만 기다란 테이프가 그녀의 입을 막고 있었다. 몸을 움직여서 낡은 의자에서 빠져나오려고 했으나 커다랗고 모양 없는 손이 그녀의 어깨를 짓눌렀다. 그는 나지막한 목소리로 가만히 있으면 다 잘될 거라고 그녀를 진정시켰다.

그리고 지퍼를 여는 소리와 함께 몸집이 큰 남자의 헐떡이는 소리가 들렸다. 여자는 무서워서 눈을 감고 주먹을 꼭 쥐었다. 자기 피부 위로 차가운 칼날이 닿는 것을 느꼈다.

"자 됐어." 몸집이 큰 남자가 말했다. "어리석은 짓 하지 마."

***

카르멜로 프리사스, 이 영웅은 기억하고 싶지도 않은 만차의 어느 지방, 어두운 방에서 의자와 테이블에 반쯤 기댄 채 잠에서 깨어났다. 그는 자기 앞에 있는 어떤 사람의 존재도 감지하지 못했다.

카르멜로는 머릿속에 떠오르는 얼마 안 되는 생각들을 정리해 보려고 했지만 소용이 없었다. 욱신거리는 머리의 커다란 혹을 만지려고 했지만 그마저도 여의치 않았다. 손과 발이 모두 묶여 있었기 때문이다. 갑자기 불이 켜졌다. 그의 앞에는 조르드가 있었다.

"나 에델미로 엠마누엘 마티아스 로드리게스 조르드, 새벽의 세 번째 백작이자 황혼의 두 번째 백작이고 내가 가장 자부심을 느끼는 새로운 직위인 밤의 공작이지. 오! 그리고 알다시피 자유 시간에는 '나쁜 환경부' 장관이기도 하지."

"저는 카르멜로 프리사스입니다."

"자네가 누군인지는 잘 알고 있네. 정확히 말해 자네가 지금까지 누구였다는 것을 말이지."

카르멜로는 지혜로운 소의 표정을 지으면서 그를 바라보았다. 그동안 에델미로 엠마누엘 마티아스 어쩌고저쩌고는 자리에서 일어나 권력에 대해, 행정부의 복잡성에 대해, 맛있는 페스토 소스를 얹은 스파게티 요리를 준비하는 기술에 대해, 지구를 점점 은하계에서 멀어지게 만든 정부 일부 요인들의 무능에 대해 실컷 떠들었다. 그 밖에도 최근 자신을 괴롭히는 요통에 대해서뿐만 아니라 우리 자신의 몸속에는 통제할 수 없는 어두운 면이 자리 잡고 있다는 것에 대해서도 논평을 늘어놓았다.

"……통제를 하지 말아야 한다고. 내 말 듣고 있나, 카르멜로? 자네의 어두운 면을 꺼내 내 것과 합친다면 세상을 통치할 수도 있을 것이네."

"그건 절대 안 됩니다."

"절대 안 된다고?"

"전 페스토 소스를 곁들인 스파게티를 증오합니다."

"좋아, 좋다고. 자네가 그런 식으로 나를 실망시킬 수도 있지. 이제 조금 즐겨 보세."

조르드는 그 상황과는 전혀 어울리지 않게 폭소를 터트리더니 손가락 마디를 꺾어 소리를 냈다. 그와 동시에 모든 불이 꺼졌는데 강력한 빛 하나가 조르드의 얼굴을 비추고 있었다.

"내가 아니고 이자한테 비추라고. 이 바보야!"

"죄송합니다."

한 경찰관이 방으로 뛰어 들어와 밤의 공작을 비추고 있는 등을 카르멜로에게 향하도록 했다.

"자, 이제 한번 적용해 볼까. 어두운⋯⋯."

***

"자 됐어." 몸집이 큰 남자가 말했다. "어리석은 짓은 꿈도 꾸지 마."

그녀를 강하게 묶었던 밧줄이 바닥에 흘러내리고 거구의 남자는 그녀의 입에 붙였던 테이프도 떼어 주었다. 그녀는 소리를 지르기 시작했다. 그러자 남자의 넓적한 얼굴이 그녀의 코앞으로 다가왔다. 그녀는 목에 날카로운 칼날이 스치는 것을 느낄 수 있었다.

"후회하게 만들 짓은 하지 마."

"알았어."

거구의 남자는 다시 한 번 숨을 헐떡이면서 몸을 웅크리며 스포츠용 가방 속에 칼을 집어넣고 지퍼를 잠그더니 여자에게 옅은 협박의 미소를 보냈다.

"네 이름은?"

"아마폴라. 왜 나를 납치했죠?" 그녀가 물었다.

"내 이름은 라미로야. 하지만 아무에게도 말하지 마."

"난 아무것도 가진 게 없어요. 간신히 이렇게 말만 할 수 있는걸요."

"그렇지. 나의 인생은 F3A5AGUA의 그 공연을 보러 간 이후로 모범적이지 못했지. 하지만 무슨 다른 일을 할 수 있겠어? 말해 봐."

"날 해치지는 않을 거죠, 그렇죠? F3A5AGUA라고 했나요? 그건 내가 좋아하는 그룹인데. 그들의 마지막 공연에 갔었나요?"

"그럼, 얼마나 대단했는데."

"완벽했어요. 내가 본 공연 중에 최고였어요."

***

대통령 비서는 조용하면서도 신중한 사람이었다. 고급 포도

주를 좋아하고 숯불에 구운 마카로니를 좋아하고 아마데우스 모차르트의 오페라를 좋아하는 그는 대통령의 사무실로 살그머니 들어갔다. 자신이 그곳에 들어간 게 발각되면 자기 자리가 위태로워질 거라는 게 분명했지만 그는 자신이 원하는 게 뭔지 확실히 알고 있었다.

그는 CD(인간의 사고에 대한 모든 것이 담겨진)로 가득한 거대한 도서관으로 다가가 그곳을 찬찬히 살펴보았다. 대통령의 비밀을 알아내는 데 무려 6년이나 걸렸다. 대통령이 영웅에게 교태만 부리지 않았어도 이 중대한 비밀을 모른 채 지냈을 것이다.

그는 '카마수트라와 일본의 다른 조약들'이 담긴 CD를 집었다. 그것은 지금까지 그가 책을 훔칠 수 있는 행운을 막았었다.

그는 처음에는 대통령이 섹스에 대한 모든 비밀을 암기하기 위해 CD를 본다고 생각했다. 하지만 단언컨대 그녀는 섹스에 대한 비밀 따위는 전혀 모른다. 이것이 하나의 단서가 되었다. 열쇠가 CD에 있었다는 것까지는 알아낼 수 있었다. 하지만 무엇을 열고 그것을 어떻게 사용할 것인가?

그는 그 비밀을 한두 시간 전에 알게 되었다. 카르멜로 때문에 눈이 먼 대통령이 그가 보는 앞에서 카마수트라의 CD를 집어 들어 랄프 로렌XIII가 디자인한 양자론의 슈퍼컴퓨터에 넣은 뒤 조용히 소이탄을 열어 둥근 돌을 꺼낸 것이다. 카마수트라에 관한 CD가 컴퓨터를 연 것이다! 값이 수백만에 달하는 그

컴퓨터는 주문에 의해서만 제작되었다.

지극히 간단하고 쉬운 열쇠였다. 대통령 비서는 이마를 탁 치며 "진즉에 이걸 알았어야 했는데."라고 중얼거렸다. 그리고 대통령이 하던 그대로 따라 했다.

1분이 지나고 그의 손에는 거대한 둥근 돌이 놓여 있었다. 그는 마치 종교의식을 치르는 듯 경건하게 돌을 열었다. 반짝반짝 윤이 나는 돌 안에는 책 한 권을 보관할 만한 공간이 있었다. 책 말이다.

그러나 그 속에는 세 권의 책이 있었다.

비서는 팔걸이의자에 주저앉았다. 대체 어떤 책이 비밀의 책이란 말인가?

*＊＊

청소부 여자는 혼잣말을 지껄이면서 방으로 들어왔다. 그녀는 창문도 없고 신선한 공기도 없어 숨쉬기조차 힘든 방을 청소해야 한다는 사실에 잔뜩 화가 나 있었다.

방의 불을 켜자 세 명의 남자가 있었다. 한 사람은 환영이라도 본 듯 그녀를 멍하니 바라보고 서 있었고 다른 사람은…… 별로 중요하지 않으니 넘어가고 세 번째 사람은 방에 있는 유일한 의자에 묶여 있었다. 그는 이제껏 그녀가 본 남자 중에 가장 매혹적인 남자였다.

"실례지만 청소를 하게 좀 나가 주시겠어요?"

"나가시오!"

"그럴 수는 없지요. 나는 방을 청소해야 해요. 쓸데없는 소리를 하느라 낭비할 시간이 없으니 그쪽이나 어서 나가 주세요."

"하지만……."

"하지만은 무슨 하지만이에요."

그녀는 빗자루를 위협적으로 들어 올렸다. 조르드가 손가락마디를 꺾어 소리를 내기 시작하자 그의 부하인 경찰관이 그녀를 공격했다. 하지만 잠시 후 바닥에 쓰러져 움직이지 않고 뻗어 있는 건 바로 경찰관이었다.

청소부 여자는 빗자루가 예전처럼 튼튼하지 않아 한 번 내리쳤다고 부러진다고 툴툴거리며 공기가 안 좋은 이 비밀 지하 공간에서 일을 하는 게 얼마나 힘이 드는지, 그리고 교육도 제대로 받지 못한 사람들을 대하는 게 얼마나 곤욕스러운지에 대해 불평을 늘어놓았다.

"나는 다른 빗자루를 가지고 다시 돌아올 테니 더 이상 문제를 일으키지 말았으면 합니다."

그녀는 문을 쾅 닫고 방을 나가 버렸다. 새벽과 황혼의 백작이자 밤의 공작은 모든 것을 대담하게 바라보고 있던 카르멜로를 마주 대했다.

"이제는 우리 뜻대로?"

경찰관은 머리를 어루만지면서 천천히 자리에서 일어났다. 자기도 곧 영웅처럼 머리에 커다란 혹이 생길 것이라고 생각한 그는 그 생각을 하자 웃음이 나와서 큰 소리로 웃기 시작했다. 백작이자 공작은 카르멜로의 머리에 매우 복잡한 메커니즘을 집어넣었다.

***

몸집이 큰 라미로는 아마폴라의 무릎에 머리를 기대고 있었다. 속이 거의 다 비치는 나이트가운 차림의 그녀는 짙은 보랏빛 눈과 금발 곱슬머리를 갖고 있었다. 그녀는 그를 부드럽게 마사지해 주었다.

"걱정하지 마요. 결국 모든 일이 잘돼서 당신도 곧 제대로 된 직장을 찾을 거고, 그러면 당신 부인과 딸도 돌아올 테니."

"아니, 이제는 예전과 같지 않아. 난 이제 끝났어. 나는 쓸모없는 인간이라고."

"그런 말 하지 마세요. 당신은 충분히 가치가 많아요. 당신은…… 경이롭고 아량이 넓고 선량하고……."

"아무 소용도 없는 사람이지."

그때 아마폴라는 곁눈질로 쿠션 틈새에 반쯤 숨겨져 있는 곤봉을 발견했다. 분명히 라미로가 그녀를 납치할 때 그녀를 때리려고 사용한 것이었다. 그녀는 그것을 집어서 라미로가 그것으로 자신을 내리쳤듯 그를 힘껏 내리쳤다. 그리고 있는 힘을 다해 그를 밀치고 도망을 치기 시작했다.

라미로는 딱딱한 바닥에 내팽개쳐진 채 희미한 의식 속에서나마 그녀가 도망가면 자신의 신세가 끝장나고 말 거라는 걸 직감했다. 그는 안간힘을 다해서 일어나 5잔의 보드카를 마시고, 5잔의 파인애플을 넣은 럼주를 마시고 4잔의 이소토닉 음료를 마신 사람처럼 비틀거리며 아마폴라를 쫓았다.

아마폴라는 이리저리 뛰어다녔으나 출구를 찾지 못했다. 그러던 중에 화장실(월풀 형태로 되어 있어서 반가웠다), 게스트룸, 침실(정리가 되지 않았다)과 부엌(혼자 사는 남자의 부엌치고는 매우 깨끗했다)을 지나갔다. 마침내 현관문을 찾았으나 그것을 여는 순간 라미로가 벵골 호랑이(뜨거운 정신을 가진 과거의 어느 작가가 고안한 이상한 동물일 거 같다)처럼 그녀에게 덤벼들었다.

바닥에서 뒹구는 사이 라미로가 아마폴라의 몸을 덮쳤다. 그는 그녀의 눈을 지그시 바라보았다. 그녀는 매우 밝은 푸른색 눈을 갖고 있었다. 마치 수백 마리의 물고기와 산호초가 가득한 카리브해의 바다색 같았다. 그런 그녀의 시선에 푹 빠져서 다른 것은 생각할 겨를이 없었다.

"라미로, 나를 내리누르고 있잖아."

"미안."

그들은 다시 반 바퀴를 돌아서 이제는 아마폴라가 라미로의 위에 있었다.

"당신이 쓸모없는 사람이 아니라는 걸 이제 알겠지? 결국 나를 붙잡았으니."

"그렇지."

"당신은 훌륭한 납치꾼이야."

"네가 나를 잘 봐주는 거야. 너는…… 아마폴라아아…… 아름다운 아마폴라아아, 너는 항상 나의 영혼이 될 거야, 나는 단지 너의 것이고…… 나는 너를 사랑해, 아름다운 아마폴라아아…… 너무 냉정하게 굴지마아아…… 아마폴라아아아…… 너는 어떻게 그렇게 혼자서어어 살 수 있어어어?"

잠을 자지 않을 때만 입는 얇고 속이 거의 비치는 나이트가운을 입은 여자, 짙고 깊은 눈동자와 떡갈나무 색의 웨이브 진 머리카락을 가진 그 여자는 라미로라는 큰 체구의 남자(이 사람에 대해서는 자세한 설명이 없는데 그의 직업상 기밀유지가 필요하기 때문이다)와 끝이 나지 않을 것 같은 키스를 나누었다.

***

"국가에서 국민들의 정신건강을 위해 음악을 없앤 지 몇 년

이 되었소."

조르드의 목소리는 방을 감도는 짙은 어둠 속에서 들려왔다. 어둠은 카르멜로의 얼굴을 비추는 강력한 빛에 의해서만 밝혀졌다.

"이제 자네도 알게 될 거야. 왜 음악을 없앴는지. 우리는 자네 머리에 〈성공작전〉의 황금시리즈 1155에디션을 넣을 것이네."

"안 됩니다!" 경찰관이 울부짖었다. "그건 너무 비인간적입니다. 법에 위배되는 일이지요."

"내가 곧 법이야. 계속하게."

"저는 할 수 없습니다."

"할 수 있어. 아니면 사표를 쓰든가."

경찰관은 정의로운 사람이며 산보다는 바다를 더 좋아하고 『돈키호테』를 다 외우고 있고 벽화에 대한 취미를 가진 사람으로 알려져 있다. 그는 불쌍한 영웅을 위해 기도문을 중얼거리면서 체념한 듯 '플레이' 버튼을 눌렀다.

처음에 카르멜로는 특별한 것을 느끼지 못했다. 차츰 강한 열기가 척추를 지나 그의 머리 꼭대기까지 올라가더니 곧 타는 듯한 불로 변하는 것 같았다. 그것이 자신에게 불어닥친 강력한 폭풍우만 아니었으면 좋겠다는 생각이 들었다.

조르드의 불길한 웃음이 무덤과 같은 방의 적막을 깨뜨렸다.

"벌써 의식을 잃으면 안 되는데. 그를 위해 놀랄 만한 일을 준비해 둔 게 더 있으니까. 나는 문서보관소에서 500년 동안의 멕시코 연속극을 찾아왔고『가정의』전집도 있단 말이야."

카르멜로는 의식을 잃었다.

*　*　*

엄밀한 의미에서 책은 세 권이 아니라 두 권이었다. 한 권은 오랜 세월이 흘러 낡아빠진 가곡집이었다. 대통령 비서는 온종일 그것들을 신중하게 조사했으나 인쇄된 글자를 읽어 내지 못해 어느 것이 좋은지 알 수가 없었다. 그는 옛날 사람들이 글을 읽어 주는 기구, 버추얼 비전이나 가상 멀티미디어 교육이 없이 어떻게 살았을까 궁금해하며 역시 책, 음악(극단적인 경우를 제외하고), 예술품의 전시를 금지한 건 잘한 것이라는 생각이 들었다. 어찌 되었든 그러한 모든 것은 사람들의 마음을 동요시키며 더 불행한 삶을 살도록 했기 때문이다. 그 모든 것은, 어떠한 아편이 되었든 국민들에게는 아편과 같은 것이라는 비난을 받았다.

그는 한숨을 내쉬었다. 그런데도 이제 자신의 손에 인쇄된 형태의 것이 놓여 있었다. 그는 책들이 0.5퍼센트 오차 범위 내에서 천 년에서 삼천 년의 역사를 갖고 있다고 계산했고 그것을 읽을 수 있는 사람은 거의 없다고 생각했다. 대통령이 읽을 수 있고 장관 몇 명 역시 그렇고, 하지만…… 누가 그를 도와줄 수 있을까?

이름 하나가 떠올랐다. 마티아스 에델미로 로드리게스……
아니, 아마도 조르드 엠마누엘…… 아니, 혹은 아마도 에델미
로 엠마누엘 조르드 로드리게스……. 그의 이름을 정확하게 기
억할 수 없었다. 하지만 한 가지는 명확했다. '나쁜 환경부' 장
관이 그 책을 수중에 넣기를 간절히 원할 것이라는 사실을.

***

여자는 창녀였다. 그녀는 밤새도록 일을 해서 피곤했다. 시내
에 있는 그녀의 작은 아파트 안에 있는 넓고 텅 빈 침대만이 간
절했다.

그녀가 반쯤 나체인 남자를 발견했을 때, 아니면 반쯤 옷을 입
고 있거나, 아니면 더 정확하게 말해 윗도리는 아무것도 걸치지
않고 길쭉한 플란넬 면 팬티만 입고 있는 남자를 발견했을 때,
언뜻 얼어 죽을지도 모르는 밤공기를 피해서 자기 집 현관을 찾
아온 술 취한 사람이겠거니 생각했다. 하지만 술에 너무 많이 취
해서 그곳에 도착하기 이삼 미터 전에 의식을 잃은 것 같았다.
이 정도 추위라면 이미 추워서 얼어 죽었을 것이다.

그래서 무심코 그냥 그를 지나쳤다. 그러면서 그녀는 곁눈질
로 슬쩍 그를 바라보았다. 그를 보는 순간 자신의 심장이 두근

거리는 것을 느꼈다. 그는 이제껏 본 사람 중에 가장 달콤하고 매력적인 남자였기 때문이다. 그리고 어렴풋이 버추얼 비전에서 언젠가 본 기억이 나기도 했다.

그에게 다가가서 아직 살아 있는지 확인했다. 몸이 완전히 얼어 있었다. 만일 그대로 두었다가는 얼마 가지 않아서 죽을 게 분명했다. 그녀는 생각을 정리하려고 노력했다. 해결책은 몇 가지밖에 없었다. 경찰을 부르거나 앰뷸런스를 부르는 것은 이 아파트 앞에서는 별 도움이 될 거 같지 않았다. 만일 누군가 그곳을 지나가기를 기다린다 해도 역시 마찬가지일 것이다. 거기는 낮에도 지나가는 사람이 없기 때문이다. 한참이나 골몰한 끝에 그를 구할 수 있는 방법이 떠올랐다. 그녀는 자신이 그런 방법을 생각해 냈다는 사실이 놀라웠다. 거기에는 세 가지 이유가 있었다(영웅의 생명을 신속하게 구하는 일이 중요하기 때문에 나는 여자의 행동을 먼저 묘사하고 그녀가 놀란 이유는 나중에 다루기로 한다. 그렇지 않으면 가엾고 꽁꽁 언 카르멜로의 목숨이 위태롭기 때문이다. 만일 그가 죽으면 이 책이 끝나게 될 테고, 그것이 나쁜 것은 아니지만, 웁스, 여기 여자가 취한 행동이 이어진다).

여자는 옷을 벗었다. 그리고 아무것도 걸치지 않은 카르멜로 위에 걸터앉아 능숙한 손으로 그의 팬티를 벗기고 자기 몸의 열기를 그에게 전해 주기 위해 피부와 피부, 심장과 심장을 맞대었다. 그러자 이미 저 세상으로 가는 어두운 터널을 휘청거리며 걸어가던 카르멜로가 다시 현실로 돌아와서 자신을 호기심 어린 눈으로 바라보는 고양이 눈과 마주쳤다.

"내가 하늘에 와 있는 건가요?"

여자는 둘, 아니면 세 가지 이유로 그의 말을 못 들은 척했다. 첫 번째는 이곳에서는 오래전부터 종교가 금지되었다. 대중들이 봉기를 하도록 부추긴다는 이유로 모든 시민들이 이웃의 종교를 고발해야 하는 성스러운 의무를 지고 있기 때문이었다. 두 번째 이유는 그녀 자신이 하늘에 있다는 생각을 했는데, 이렇게 멋진 인간의 생명을 구해 주었다는 사실에 흥분하고 있었기 때문이다. 세 번째 이유는 아직 그 남자를 구해야겠다고 한 자신의 결정에 어느 정도 놀랐기 때문이다.

앞에서 그녀가 놀란 이유는 다음과 같다. 그녀는 남자들, 일반적으로 생명체를 증오했다. 그것 때문에 수차례 자살을 하려고도 했지만 감히 실행에 옮기지는 못했다. 그녀는 또한 선불을 받지 않고는 어느 누구와도 섹스를 하지 않았다. 그래서 갖고 있는 크레딧(이 작품에서는 돈을 크레딧이라고 부름 – 옮긴이)으로 할 수 있는 모든 것을 생각하면서 마음이 편안해졌다. 마지막으로 그녀가 가장 놀란 것은 그녀의 생애 처음으로 사랑에 빠졌다는 것을 깨달았기 때문이다.

고양이는 아부 아산 형사의 무질서한 사무실에서 종이 더미
와 서류철 사이를 살그머니 지나갔다. 다른 모든 고양이들처럼
일곱 개의 생명을 가지고 있고(이미 적어도 네 개의 생명은 소실된
것을 인식하고 있지만) 선천적으로 호기심이 많은 고양이였다.
중사가 그의 책상 위에 이상하게 생긴 둥그런 소포를 내려놓은
이후 고양이의 머리는 단 한 가지 생각으로 가득했고 그때부터
책상 위아래를 맴돌고 있었다.

　고양이는 단번에 책상 위로 올라갔다. 형사는 고양이의 행동
에 관심이 없었다. 그런데도 고양이는 신중하게 아부 아산을 가
만히 쳐다보았다. 아부 아산은 편안한 자세를 취할 수 없는 인간

환경공학 의자에 기대어 몸을 꼬고 있었다(왜냐하면 인간환경공학 의자는 인간에게 가장 편안한 것이 무엇인지보다는 어떠한 것이 건강에 가장 좋은가만을 생각해서 만들어졌기 때문이다. 모든 사람들이 알고 있듯이 멀티미디어 요소를 포함한 장관들의 의자와는 다르다).

형사가 복잡한 멀티미디어 퍼즐에 몰두하고 있는 사이 고양이는 둥그런 소포까지 다가가기로 결심했다. 소포가 특별하게 포장이 잘되어 있어도 고양이는 손에 에이스를 가지고 있어서 작대기만 있으면 소포의 포장을 뜯을 수 있었다. 사실 이 고양이는 세 가지 취미를 가지고 있다. 찌르레기를 잡는 것과 아부아산의 온기 속에서 잠을 자는 것과 소포를 뜯는 것이다(특히 생일 선물을).

형사는 깊은 한숨을 내쉬었다. 사실 걱정을 하고 있었다. 틀림없이 그의 전임자 49명 중 어느 누구도 그렇게 복잡한 상황에 처한 적이 없었다. 그의 머리가 아무리 빠르게 돌아간다 해도 버추얼 비전에 나온 어리석고 건방진 리포터가 이름 붙인 '둥근 돌의 수수께끼'에 대한 그럴듯한 해결책을 찾지는 못했다. 사실 책상 위에서 그를 도전적으로 기다리고 있는, 절반도 풀지 못한 빌어먹을 퍼즐도 해결하지 못하고 있다.

주머니를 다 뒤져 권총, 전기 마비기계, 가상 발신기와 신용카드 지갑을 꺼내고 나서야 찾고 있던 작은 상자를 발견할 수 있었다. 상자 속의 성냥을 꺼내서 조심스럽게 불을 붙인 다음 길고 가느다란 담배를 피웠다(긴장을 풀어 주고 마음을 진정시켜 주는 효과 덕분에 공식적이지는 않지만 폭넓게 묵인된 유일한 '마약'이다).

연기를 내뿜으면서 상황을 다시 점검했다. 그의 앞에는 대통령의 비밀스러운 책의 도난 사건이라는 과제가 놓여 있었다(그 사실을 별로 믿지는 않았다. 왜냐하면 그는 평생 책을 본 적이 없었기 때문이다). 그 책들은 거대한 둥근 돌 속에 보관되어 있던 것들이다. 그 돌은 책을 보호하는 상자 역할을 했고 한 장관을 암살하는 데 사용되었다. 그가 현재 갖고 있는 유일한 단서인 그 돌이 지금 자신의 책상 위에 놓여 있었다.

아부 아산은 깊은 한숨을 내쉬었다. 돌에 맞아서 한 장관이 살해당하고 대통령의 비서는 깊은 혼수상태에 빠지고(이 지점에 이르자 아부 아산은 불쾌하게 눈살을 찌푸렸다), 한 영웅은 실종되고 남부지역의 여자 청소부는 여성 근로자들이 제대로 된 환경 속에서 권력을 남용하는 상사에게 방해받지 않고 일을 할 권리를 달라고 주장하고 있다.

도대체 어디서부터 조사를 시작해야 할지 감이 잡히지 않았다. 그래서 그는 이러한 복잡한 상황으로부터 벗어나 잠시 머리를 식히고자 버추얼 비전을 켰다(생각을 정리할 수 있는 가장 좋은 방법이다). 깊은 대양의 장면에 몰두하면서(버추얼 비전은 당신을 3차원의 다른 세계로 빠져들게 한다), 대양의 주민들의 일상생활과 그들이 김, 참치와 굴을 양식하는 것을 보고, 알파 은하계의

V차원에서 머나먼 게이츠 행성을 방문하고, 게이츠 주민들의 일상생활을 배우고, 그들이 기르는 이상한 동물인 구아리파체스를 보았다. 아부 아산은 깊은 잠에 빠졌다(버추얼 비전의 유일한 장점).

시끄러운 소리가 그를 깨웠다(고양이가 드디어 소포를 뜯어 둥근 돌을 바닥에 떨어뜨린 것이다. 파리와 모기들이 놀라서 도망을 갔다). 그는 묘한 죄책감을 느꼈다. 세상이 미쳐 가고 있고, 3세기 전의 범죄지수에 도달하고 있는데 그는 버추얼 비전 앞에서 잠이나 자고 있으니 말이다. 그것도 집이 아닌 사무실에서 말이다.

그는 보초를 서는 중사를 불러서(그는 이미 퍼즐을 완성했다) 자신의 부서와 세상의 모든 잘못을 그의 책임으로 돌리고 문제를 신속하게 해결하지 않으면 연금을 박탈하고 거리로 내쫓을 거라고 협박을 했다. 그리고 자신의 개인 비서를 불러(그도 중사처럼 퍼즐에 능숙했다) 그를 해고했다(구 개월 만에 네 번째 해고다). 그러고 난 후 그는 커피를 마셨다. 기분이 좀 나아진 아부 아산 형사는 진지하게 조사를 하기 시작했다.

어디서부터 시작해야 할지 몰라서 먼저 대통령을 심문하기로 결정했다. 그녀가 결국은 자신이 가장 의심하는 사람이기 때문이다. 이는 좋은 징조가 아니었다. 사건을 조사하고 연구를 하면서 확실히 알게 된 교훈이 하나 있다. 항상 혐의자가 적어도 세 사람은 있어야 한다는 것이다. 하나는 실제로 범죄를 저질렀다고 믿는 사람이고 둘째는 관심을 다른 데로 돌리기 위해서, 세 번째는 첫 번째 사람에게서 아무것도 밝혀내지 못했을 때 죄를 전가하기 위해서다.

혐의자가 대통령밖에 없는 상황에서 어떻게 죄를 뒤집어씌운단 말인가? 어찌 되었든 그의 마음속에서는 범죄가 일어난 밤 수상쩍게 사라진 영웅, 카르멜로 프리사스가 살인자일 거라는 확신을 갖고 있었다. 그럼에도 불구하고 버추얼 비전에서는 그가 절대적인 영웅이고 매 시간 그가 얼마나 선량하고 지혜롭고 잘생겼는지를 선전하면서 영웅에 대한 이야기나 에피소드들을 소개하고 있었다. 맞다. 카르멜로는 사실상 건드릴 수가 없다.

그는 TSURYM('지하철'이라고 알려진 초고속 멀티미디어 지하기차)를 타고 대통령이 거주하는 푹시아 저택까지 가는 동안 많은 생각을 했다. 그러고는 혐의자들의 리스트에 혼수상태에 빠진 비서(긴급한 상황에 그에게 죄를 전가하기 위해서)와 고인이 된 장관(관심을 다른 데로 돌리기 위해)을 포함시키기로 했다.

머리를 매만지고 넥타이 매듭을 다시 묶고 낡아빠진 코트(49명의 그의 전임자들이 사용했으며 그가 일하는 부서의 상징이다)를 가다듬고, 장엄한 푹시아 저택 정문의 초인종을 눌렀다.

***

대통령은 DVD관 앞에서 한참 동안 생각에 잠겨 있었다. 자신이 처한 상황에서 어떻게 빠져나와야 할지 알지 못했다. 그런 일은 그녀에게 흔한 일이 아니었다. 사실 평생 처음 있는 일이며, 최근 며칠 동안 급박하게 돌아가는 사건들에 휘말려 이미 통제력을 잃어버린 뒤였다.

창문을 내다보니 아부 아산 형사가 서글픈 발걸음으로 멀어져 가는 게 보였다. 형사들은 동일한 유형을 갖고 있는 듯했다. 슬프고 우울한 유형. 모두 키가 작고 얼굴이 여위고 몸은 마르고 커다란 안경을 쓰고 닳아빠진 코트를 입고 있었다.

한숨을 쉬었다. 이제 책을 한번 보는 게 좋을 것 같았다. 책에서 항상 어떠한 가르침이나 충고를 얻었다. 혼자라는 느낌이 들었다. 그녀의 충실한 비서조차 그녀 곁에 없었다.

'이름이 뭐였더라? 상관없어, 상관없어.'

그리고 최악인 것은 비서도 그녀와 마찬가지로 혐의자라는 사실이었다. 아부 아산 형사는 그 점을 그녀에게 확실히 해 두었다.

불쾌한 감정이 그녀의 완벽하고 조화로운 얼굴을 일그러뜨렸다. 잠시라도 생각을 멈추지 않으면 완전히 미쳐 버릴 것 같았다.

"페트릭!"

"네, 각하."

"마사지가 필요해."

에이전시에서 새로 뽑은 비서는, 키가 크고 금발에 푸른 눈을 갖고 있으며 취미로 마사지를 했다. 시간이 지나면서 그는 분명히 여러 언어와 타자 치는 법, 컴퓨터 다루는 법과 의전에 대해 배울 것이다. 그녀는 얼굴을 찡그리고 윗입술을 깨물었다. 왜냐하면 아이디어가 하나 떠올랐기 때문이다. 이상하기는 하지만 효과가 있을 것 같았다. 개인용 멀티미디어 발신기, 일반적으로 전화기로 알려진 것을 들고 자신만이 아는 번호를 눌렀다.

"나에게 작은 일 좀 해 주어야겠어. ……그래, 형사에 관한 거야. ……그래, 늘 하던 대로……."

* * *

취조하는 듯한 아부 아산의 눈길 앞에서는 어느 누구도 자신의 감정을 숨길 수 없다. 그러한 눈매는 확실히 형사라는 직업을 가진 사람에게는 매우 유리하다. 그럼에도 불구하고 '도시 파괴와 행성 회복부' 장관은 그의 앞에서 초조하거나 두려워하는 기색을 전혀 보이지 않았다.

이러한 사실이 형사에게는 새삼스러운 일도 아니었다. 관에 하루 이상 안치된 다음에는 어떠한 감정도 표현할 수 없기 때문이다.

"당신에게 말했듯이 장관은 전문가에 의해서 살해되었습니다." 완벽하고 진지하고 코카콜라, 오렌지주스, 당근주스, 사과주스를 즐겨 마시는 경찰의가 말했다.

"전문가만이 그렇게 정확하고 치명적인 이상한 도구를 사용할 수 있을 겁니다. 분명한 것은 내가 이와 유사한 사건을 찾기위해 비디오 보관소에서 오랜 시간을 보내야 했다는 겁니다. 이렇게 화창한 날 내가 돌팔매질에 의한 살인사건을 맡게 되리라고 상상이나 했겠습니까? 그것도 피해자가 장관인 사건을 말이에요. 대단하지요, 그렇지 않습니까?"

아부 아산 형사는 깊은 한숨을 내쉬었다.

"그를 죽인 건 확실히 전문가의 소행입니다. 버추얼 비전은, 세상은 이제 더 이상 안전한 곳이 아니라고 하늘에 호소를 하지만 저는 다른 단서를 찾고 있습니다. 둥근 돌 외에 다른 것을요."

경찰의는 미소를 크게 지었다.

"좋소. 돌의 주요한 용도가 정확히 말해 사람들을 죽이는 것이 아니라 그 내부에 안전하고 은밀한 방법으로 물건들을 보관한다는 것 외에, 장관이 죽기 전 그의 마지막 시간들을 어디에서 보냈는지도 말씀드릴 수 있습니다."

"그건 불가능합니다. 159명의 수사관들이 그의 마지막 행적을 조사했으나 아무것도 발견하지 못했습니다. 완벽한 미스터리라고 할 수 있지요. 땅속에 숨어 있었던 거 같습니다. 돌 속에 대통령의 책 두세 권이 들어 있었다는 사실을 알고 있지만 그건 중요하지 않을 것입니다."

"그렇지요. 왜냐하면 장관이 살해당했을 때 그 책들은 아직 그 속에 있었고, 그래서 책들이 살인의 동기가 될 수는 있지요. 어찌 되었든 장관이 땅속으로 꺼졌다고 말하는 것은 그다지 틀린 말은 아니군요. 그가 '지옥 같은 천국'에서 그의 마지막 시간들을 보냈기 때문이지요."

"어떻게 그런 것을?"

"제가 알게 되었지요."

"하지만…… 가능하지 않은데……?"

아부 아산 형사는 경찰의를 절망적으로 바라보았지만 이 경찰의는 대답하는 데 별로 서두르지 않았다. 우선 짚 색깔을 띠고 레몬 향을 풍기는 주스를 한 모금 길게 빨아들이는 동시에 일정한 온도와 무균 상태에서 불행하게 죽은 '도시 파괴와 행성 회복부' 장관의 시신이 안치되어 있는 관을 별로 조심하지 않으면서 닫았다. 이 시신은 적당하게 리사이클을 하기 위해 모든 허가가 떨어지기를 기다리고 있었다. 경찰의는 아부 아산 형사에게 둥근 돌의 내부와 외부에서 발견된 혈흔이 시간이 경과된 것과 그것이 분포되어 있는 것, 그리고 장관이 그 돌로 맞은 부위의 상처의 깊이로 보아 두 번을 맞았다는 결론이 나오는데 한 번은 돌 안에 책을 넣은 상태에서, 그리고 다른 한 번은 책을 꺼낸 상태에서 맞았다고 했다.

경찰의가 둥근 돌에 대해 이야기를 하는 동안 아부 아산 형사는 그 상황을 차근차근 생각해 보았다. 그 사건에 대해 세계의 대통령에게 심문할 때, 그녀는 손톱을 물어뜯었고 마치 누군가가 그녀를 놀라게 하기 위해 들어오기를 기다리는 것처럼 곁눈질로 문을 바라보면서 화가 난 표정으로 하던 동작을 계속했다. 그녀는 범인이 아닐 수도 있지만 무언가를 감추고 있었고 그것이 무엇인지를 밝혀내야만 했다. 아마도 오래되고 비밀스러운 책의 도난이 암살과 관련이 없거나 아니면 관련이 있을 수도 있다. 하지만 그 모든 것이 매일 자신이 사는 동네의 맥도날드에서 버리는 음식물 쓰레기처럼 악취가 풍겼다.

이제 그의 앞에서 셜록 홈즈의 인상을 풍기는 경찰의가 살해자의 마지막 동향을 알고 있다고 자신만만해하면서 모든 문제가 해결이 되었다고 했다. 형사는 경찰의가 말하는 것이 확실하다면 조사를 하기보다는 영원히 휴가를 즐기면서 부서에서 돈을 받는 그의 149명의 경관들의 연금을 77.49퍼센트 깎아도 되겠다고 머릿속에서 계산했다.

"기본이지요. 나의 친애하는 형사님. 그 주인공, 다시 말해 장관의 등에 최근에 생긴 명확한 표시를 갖고 있습니다." 경찰의는 최근이라는 말을 강조했다.

"무슨 표시요?"

"당연히 손톱자국이지요. 그리고 또한 물린 자국이 작게 나 있습니다. 목 밑 부분인데 비전문가는 거의 알아보지 못하지요."

"그 외에도," 그는 말을 이었다. "치밀한 분석에 의하면 그가 마지막으로 샤워를 할 때 사용한 비누가 '지옥과 같은 천국'을 위해서 일본에서 특별히 가져온 정말 이상하고 특별한 것이라는 것을 보여 주지요."

"그렇다면 장관이 그의 마지막 시간을 세상에서 가장 큰 마사지실에서 보냈다는 겁니까?"

"그것을 확신합니다. 그뿐 아니라 인류의 가장 오래된 스포츠를 하면서 적어도 세 명의 다른 여자들과 함께 있었지요."

형사는 퇴직한 수달의 표정을 지었고 그의 149명의 경관들의 연금이 94.49퍼센트 깎일 것이라는 것을 머릿속으로 계산했다.

"하지만 그렇게 많은 여성과 함께 있었다는 것을 어떻게 알 수 있었나요?"

경찰의는 자기 손에 쥐고 있던, 귤과 복숭아를 섞은 주스로 얼룩진 구겨진 종이를 보여주었다.

"지갑에 영수증을 갖고 있었소."

***

카르멜로는 끔찍한 난관에 부딪혔다. 자신의 이름이 카르멜로라는 것을 기억하지 못했고 자신이 영웅이라는 것도, 장관 아버지가 있다는 것과 아마폴라라는 애인이 있다는 것도 기억하지 못했다. 특히 자신이 어디에 있는지 몰랐다. 도망을 가야 한다는 생각은 들었지만 무엇으로부터 또, 누구로부터 도망쳐야 하는지는 알지 못했다. 자신이 위험에 처했다는 것만큼은 감지했지만 그 이유에 대해서는 설명할 수가 없었다. 어찌 되었든 자신의 옆에 있는 여자는 그를 왕처럼 대해 주었다. 하지만 그것이 특별한 의미로 다가오지는 않았다.

"내 사랑."

이름도 알 수 없는 그 여자는 그를 항상 '내 사랑'이라고 불렀다. 그래서 그녀 역시 자신이 누구인지 모르고 있거나 아니면 그를 너무 잘 알고 있는 게 아닌가 생각했다.

"내 사랑, 나에게 다른 노래를 불러 줘요. 내가 좋아하는 그 노래 중에 하나를……."

카르멜로는 언제 자신이 그런 목소리를 가졌었나 싶을 정도의 인상적인 목소리로 눈을 지긋이 감고 한껏 분위기를 잡으며 어디서 배웠는지 기억조차 나지 않는 노래들을 큰 소리로 불러 주었다. 당연히 자신의 목에서 나오는 노래였다.

"라틴 시이이이임장……."

***

청소부 여자는 아부 아산 형사가 들어오라고 하기를 기다리는 사이 초조해서 자신의 모자를 꽉 움켜쥐었다. 경찰서에 와본 적이 한 번도 없었으며 조사를 받아 본 적도 없었던 그녀는 왜 그렇게 급하게 자신이 하던 일도 그만두고 이곳에 와야 했는지 이해할 수 없었다. 그리고 왜 냉방도 안 되고 빛도 없는 이 작은 방에서 몇 시간이나 기다려야 하는지 그 이유도 알 수 없었다. 그녀는 단지 일하는 여성들의 권리에 대해 말했을 뿐이다. 자리에서 일어나 방을 한 바퀴 돌아서 거울 앞에 섰다. 불쾌한 표정이 역력했다. 너무 더워서 땀이 많이 나는 바람에 화장이 지워지기 시작했다. 그녀는 기계적으로 머리를 매만졌다.

아부 아산 형사는 참을성 있게 거울의 반대편에서 그녀를 관찰하고 있었다. 그는 아직도 적절한 조건에서 사람들을 기다리게 만드는 것이 얼마나 효과가 있는지 감탄을 한다. 이제 그녀에게 가볍게 심문을 하기만 하면 자기가 알고 있는 것과 그 이상을 술술 뱉어낼 것이다.

그는 눈썹을 찡그렸다. 사건은 점점 더 복잡해졌다. 여자는 영웅이 사라지기 전에 그를 본 적이 있다고 진술을 했다. 하지만 그녀도 그곳이 어디인지 모르겠다고 했다(극비의 장소에서 청소를 하는 여자들 중 하나였다). 왜냐하면 그곳에 갈 때 항상 눈을 가리고 귀를 막고서 데리고 갔기 때문이다.

아부 아산 형사가 가장 걱정하는 것은 누군가가 영웅을 고문하고 있을 수 있다는 것인데 이것은 세 가지, 아니 네 가지를 의미한다.

첫째, 분명히 장관의 죽음과 카르멜로의 실종이 연관이 있다.

둘째, 커다란 권력을 가진 누군가가 사건에 연루되어 있다.

셋째, 자기 자신이 난처한 상황에 처해 있는데 모든 사건들을 어떻게 연결을 시킬지 감도 잡지 못하고 있기 때문이다.

넷째, 앞의 세 가지에 대해서 전혀 알지 못한다는 것이다.

누군가 매우 강력한 사람이 연루되어 있는 게 틀림이 없었다. 고문을 한다는 것은 쉬운 일이 아니고 특수 교육, 비밀 건물, 첨단 장치, 그리고 장관들에게나 허용된 비밀 정보에 접근을 하는 것이 필요하기 때문이다.

아부 아산 형사는 손바닥으로 이마를 세게 쳤다. 이는 바로 하나의 단서였다. 중사를 불러 5시간 또는 10시간 동안 여자를 심문하라고 지시했다. 그리고 가장 안전한 방(마침내 그것을 이용하게 되었다)에 이삼 일 동안 가두라고 했다. 그런 다음 아무런 책임도 물지 말고 석방하라고 했다.

"즐거운 일이 될 겁니다. 드디어 우리가 누군가를 심문하게 되니까요."

형사는 딸기 캐러멜을 선물 받은 학생처럼 미소를 지었다. 그리고 닳아빠진 코트를 집어 들고 방을 나갔다. 그러다 갑자기 아이디어 하나가 떠올라서 다시 들어왔다.

"아, 중사! 소년들이 심문하는 연습을 하도록 이번 기회를 이용해서 그녀에게 모두 심문을 하도록 해."

"49번이나요?"

"그래. 흔치 않은 기회지. 하지만 그런 다음에 그녀를 네다섯 시간만 감금해. 이미 자네도 알다시피 가엾은 여자가 좀 쉴 수 있도록. 그런 다음에 풀어 주게."

＊＊＊

'지옥 같은 천국'에 들어가는 것은 그 장소의 평판 때문에 전혀 특별한 일이 아니며 사실상 다음과 같이 씌어 있는 작은 표지판이 아니라면 전혀 눈에 띄지 않을 것이다.

'지옥에 온 것을 환영합니다. 더 좋은 천국은 없습니다.'

아부 아산 형사는 수줍어하면서 초인종을 누르고 문이 열릴 때까지 참을성을 가지고 49초를 기다렸다. 청룡열차보다도 커브와 회전이 더 많은 아름다운 여자 악마가 그에게 자신의 최고의 미소를 지어 주었다.

"형사님! 다시 만나서 정말 기뻐요. 오늘은 무슨 일인가요? 천국의 마사지, 지옥의 먼지 아니면 심오한 연옥의 황홀함을 원하시나요?"

"아니야, 리고베르타. 오늘은 공식적인 일로 왔는데⋯⋯."

"오, 형사님, 정말 애석하군요! 오늘은 당신을 위해 시간을 좀 내 보려고 했는데⋯⋯."

아산 형사는 순간 미소를 지으면서 맡은 임무를 부서에 일임하고 여자 악마와 연옥의 깊은 곳으로 내려갈까 심각하게 고민했다. 그러는 사이 그는 얼굴을 찡그리고 손톱을 깨물고 턱을 문질렀다. 하지만 임무가 더 중요했고 여자 악마는 모든 형사들의 황금률 두 번째였다.

"리고, 나의 작은 천국, 아니 작은 지옥, 내 말 잘 들어. 나는 지금 '나쁜 환경부' 장관을 찾고 있어."

"없어요, 형사님. 여기에 장관은 아무도 없어요."

"리고, 너를 강제로 조사할 수도 있어."

이 달콤하고 볼륨 있는(야자열매로 만든 캐러멜을 얹은 계란 푸딩 같은) 천국 입구의 감시를 맡은 여자 악마는 더 이상 아무 말도 없이 아래 계단으로 향했다. 계단과 그다음에 이어지는 복도들은 희미한 빛으로 겨우 밝혀 있었으나 형사는 그 길을 잘 알고 있었다. 그들은 이제 사디스트들의 지역을 지나고 그다음에 동성애자들의 지역을 지나 톱모델(이곳은 버추얼 비전의 아나운서들도 해당이 되었다), 아주 젊은 사람들, 나이 많은 사람들, 마른 사람들, 뚱뚱한 사람들, 여성스러운 남자들, 남성스러운 여자들이 있는 곳으로 갔다. 사람들이 찾는 것은 모두 천국에 있었다. 마침내 그들은 SPMIM으로 갔다(즉, 매우 중요한 사람들과 장관들이라는 의미다). 거기서는 장식이 바뀌었고 환했다. 이곳에서는 아는 사람을 만나도 불편하지 않을 뿐 아니라 오히려 어느 정도의 지위를 부여해 주기도 했다(모든 사람들이 SPMIM으로 들어가기 위해 필요한 명성을 갖고 있지는 않았다).

리고는 문 앞에서 잠시 멈추었다가 곧 사라졌다. 형사는 고개를 끄덕이고 지체 없이 방으로 들어갔다.

***

그의 이름은 바비 밀로스이며 은하계에서 가장 유명한 리포터였다. 그는 뉴스를 놓치거나 실수를 하는 일이 한 번도 없었다(어떤 상황에서 사람들을 어떻게 다뤄야 하는지 그는 잘 알고 있었다. 버추얼 비전에서 하루 네 시간씩을 보낸다면 누구라도 그런 경지에 이를 것이다). 또한 거울에 두 시간 동안 자신의 모습을 비추면서 자신이 넘버원(모든 사람들의 집착)이고 가장 매력이 있고 가장 영특하다고 되뇌지 않고 집 밖을 나가 본 적이 하루도 없다.

바비는 카르멜로를 영웅으로 변모시켰지만 카르멜로는 아무런 흔적도 남기지 않고 사라지는 것으로 그에 대한 값을 지불했다. 이것은 사람 좋은 바비를 몹시 화나게 했다(의심할 바 없이 시청자가 약간 줄었기 때문이다). 그래서 사건에 개입해 자신이 직접 조사를 해 보기로 결심했다. 그것은 바비 역시 '지옥 같은 천국'에 있다는 걸 어느 정도 설명해 주었다(바비가 SPMIM의 열렬한 고객이라는 것을 고려해 보면 더욱 완벽하게 설명이 될 수도 있지만). 이 사실은 아부 아산 형사가 반나체의 '나쁜 환경부' 장관을 그의 방에서 끄집어냈을 때 알 수 있었다. 이때 문 하나를 제외하고 모든 문이 열리면서 다른 많은 장관들, 판사, 고위 관료와 어둠 속에서 평소 때처럼 행성을 통치하고 있는 대기업의 몇몇 재벌들이 호기심 어린 눈으로 바라보았다.

우주 최고의 리포터인 그는 이런 때를 위해 마련한 고화질 현미경 카메라를 항상 지니고 다녔다. 그래서 모든 장면을 직접 촬영할 수 있었던 그는 이후에 행성, 태양계와 고대 은하계에서 수여하는 모든 수사 관련 상을 받을 수 있었다. 그는 아부 아산 형사가 '나쁜 환경부' 장관에게 공공의 영웅인 카르멜로를 부당하게 고문했는지를 공식적으로 추궁하는 장면을 촬영했고, 장관이 자신의 장관 직위를 유지하기 위해 여러 동료들(모두 그 자리에 있었다)에게 필사적으로, 그리고 헛되이 내뱉은 말들도 촬영으로 담아냈다. 또한 그의 동료들이 서로를 비난하고 마침내 아부 아산 형사의 요청에 의해 마지막 문이 열리면서 세계의 대통령이(바비의 남성 청중들에게는 실망스럽게도 그녀는 옷을 입고 있었다) 나오는 것도 찍었다. 침착하고 자신감에 차 있는 그녀의 모습에 모두 사람들이 감탄을 했고 질투심마저 느꼈다. 그녀는 옷을 얇게 입고 있는 장관들을 바라보고 결국은 그녀를 유명하게 만든 말을 했다.

"이것은 정부가 아니야. 사창굴이지."

이렇게 감격적인 순간, 누구와도 견줄 수 없고 말로 표현할 수 없을 정도로 위대한 바비 밀로스가 전 세계 인구 절반의 환상을 깨트렸다. 자신이 조사한 바에 의하면 영웅의 옷(자신이 안전하게 가지고 있다고 확신했다)이 '도시 파괴와 행성 회복부' 장관이 목숨을 잃은 방에서 발견되었다고 선언하면서 나머지 절반의 심장을 찢었다. 그리고 그 옷들에 피가 묻어 있다고도 했다. 하나둘 반박할 수 없는 증거들이 제시되면서 영웅이 은하계에서 가장 잔인하고 사악하고 무정한 살인자라는 걸 보여 주었다.

바로 그 순간에 아부 아산 형사는 자신의 49명의 경관들의 (실제로 그들은 조사를 하지 않고 영원한 휴가를 즐기고 있었다. 휴가비는 부서에서 지급된다) 모든 연금을 폐지하기로 결정했다. 또한 그때 중사의 전화를 받았는데 여자 청소부가 47번 심문실을 통과하면서 모든 것을 자백했다고 했다. 즉, 자신이 범죄를 저질렀고 사악한 목적과 경제적으로 부족한 것을 해결하기 위해 비밀 책들을 훔쳤을 뿐만 아니라 44은하계에서 계속해서 추적하는 중인 빈 라덴의 상속자의 비밀 소재지를 알고 있으며 세상을 파괴할 이상한 반지를 자신이 가지고 있다고 했다.

마침내 아부 아산 형사는 너무도 피곤한 나머지 모두를 집으로 보내고 혼자만의 시간을 가졌다. 그렇게 해서 역사상 가장 스펙터클한 버추얼 비전 방송이 끝났다.

***

　"결혼을 하신 것은 아니시지요?"

　아부 아산 형사는 고개를 저었다.

　"애인은요?"

　"없어." 거짓말을 했다.

　"나는 자기 부인들을 속이는 남자들을 참지 못해요."

　아부 아산 형사는 여자를 어리둥절한 표정으로 쳐다보았다. 모든 소란을 겪은 뒤 그는 잠시 휴식을 취하려고 '나쁜 환경부' 장관이 사용하던 방에 들어가기로 했다. 여자는 그 집에서 처음 보는 여자였고 특별한 마사지를 한다는 소문이 돌았다.

　"나는 내 남자가 바람을 피우는 것을 참을 수 없을 거예요. 한번은 애인이 있었는데 참 나쁜 사람이었어요. 나는 아무것도 모르고 다른 여자들과 있는 것만 빼고 모든 것을 용서해 주었지요. 지난번에 자기 애인과 있던 한 남자가 나를 불러서, 자기들 앞에서 우리가 섹스를 할 수 있는지 물었어요. 끔찍한 일이라 생각한 저는 당연히 그들에게 싫다고 했고 다른 여자를 찾아보라고 했어요. 그런데 제 애인이 분명 그런 여자를 찾을 수 있다고 하는 거예요. 이 세상은 코를 푸는 콧수건이라서 별의별 사람들이 다 있다고 하면서 그들에게 욕을 해 주었지요. 하지만 어떻게 그런 관계를 유지할 수 있지요? 남자와 여자는 적어도 서로 사랑하는 동안만이라도 신의를 지켜야 해요."

아부 아산 형사는 '지옥 같은 천국'에 남은 것을 후회하기 시작했다. 틀림없이 이제 자신의 죄에 대한 값을 지불해야 할 차례다. 설상가상으로 여자가 겨우 입을 다물고 일을 하기 시작할 때였는데(복도에서 듣던 소문보다는 더 나았다) 멀티미디어 통신 비디오에서 그를 급히 찾는 연락이 온 것이다(그것은 여러분들도 잘 이해할 수 있듯이 그의 기분을 몹시 상하게 했다).

"실례합니다, 형사. 우리가 그를 데리고 있습니다. 카르멜로 프리사스를 잡았습니다."

* * *

그녀는 돈이 많았다.

그것을 숨기려고 하지는 않았지만 내가 무슨 말을 하는지 알면 그럴 필요가 없다는 것을 알 것이다. 그녀는 25년 전에 부유하게 태어났고 언젠가는 부자로 죽을 것이다(과학자들이 영원한 생명의 비밀을 찾지 못할 경우인데, 영원한 생명의 비밀을 찾을 날이 그리 많이 남지 않았다). 얼마나 부자인지 금으로 만든 얇은 옷에 파란 벨벳 깔창이 있는 다이아몬드 신발을 신고 다닐 정도였다. 그녀는 하고 싶은 것 외에 일을 할 필요가 없다는 것을 알았고 일을 하지 않아도 되는 것도 알았다. 그리고 모든 사람들이 그녀를 돈 때문에 좋아하고 그녀가 요구하는 것은 무엇이든지 할 것이라는 것을 알았다.

그녀의 이름은 아우로라 보디로바이고 이것은 당연히 엄숙한 그녀의 아버지가 지어 준 이름이 아니라 '적은' 돈을 받은 한 공무원이 그녀의 청을 들어주어 공식적으로 이름을 바꾸도록 해 주었다(술집이나 학교에서 폭력이 근절된 이후로 이름이나 성, 그 두 가지 모두를 바꾸는 것이 엄격히 금지되었다).

아우로라는 그다지 아름답지 않았고 또 그럴 필요도 없었다. 사실 별로 중요하지 않지만 1미터 60센티미터의 마른 체구에 갈색 머리카락과 창백한 피부를 갖고 있었다. 그녀의 외모에서 유일하게 눈에 띄는 것은 그녀의 눈인데 색깔 때문이 아니라(대부분 사람들의 눈처럼 갈색이었다), 그 눈에서 나오는 광채 때문이었다. 그녀의 눈은 지혜롭고 깨어 있고 자신을 둘러싼 세상에 대한 호기심과 배우려는 욕망으로 가득 차 있었다. 그녀의 눈은 최면을 걸 듯 매혹적이어서 다른 사람들로 하여금 즉시 그녀의 충실한 하인이 되도록 했다(그런 것에는 그녀가 부자라는 사실도 한몫했다).

그 외에도 그녀는 멀리 떨어져 있고 개발이 되지 않은 은하계를 여행하는 것과 친구들과 파티를 열고 비야코르시온 데 아바호에 사는 그녀의 할아버지를 방문하는 취미를 갖고 있었다. 이 지역은 아름다운 작은 마을로 톰보 강을 이루는 낙원의 계곡에 펼쳐져 있었다.

마지막으로 아우로라를 이해하기 위해서는 그녀가 쾌락주의자라는 것을 알 필요가 있다. 그렇게 되는 것이 쉬운 일이 아니다. '좋은 인생은 모든 고통, 염려와 근심을 벗어 버리고 쾌락을 즐기는 것이다'라는 기본적인 긍정을 하기란 쉽지 않고 돈이 많이 들기 때문이다.

그녀는 대단한 쾌락주의자라서 그녀는 감정적으로 어느 것에도 빠져들지 않고 그녀의 친구들과 최대한 즐기는 것을 중요시했고 공적인 일을 하지 않았다(정치권과 기업에서 제시한 수많은 직책을 모두 거절했다). 그리고 자기 자신, 자신의 행복과 돈으로 살 수 있는 것(즉, 실질적인 효과를 주는 것 모두) 외에는 아무것도 믿지 않았다. 실제적으로 유물론자고 이기주의자라고 할 수 있다. 사실 따지고 들어가면 그렇지 않은 사람이 어디 있겠는가? 즉 그녀가 그것을 위한 돈을 가지고 있다는 말을 하려는 것이다.

그럼에도 불구하고 거기에 그녀가 있었다. 버추얼 비전 앞에서 완전히 심취해서, 예전 영웅인 카르멜로 프리사스의 얼굴을 최대한 확대해서 바라보면서, 그의 아름답고 심오하고 진지한 눈을 바라보고, 그에 대한 증거를 하나하나 들춰내는 것을 보면서, 바비 밀로스가 은하계에서 가장 천박하고 혐오스럽고 비호감적인 사람으로 변하는 것을 보고 있었다. 그녀는 거기에 있었다. 자신의 친구도 아니고 실제로 카르멜로가 누구인지 알지도 못하고 자신의 문제도 아닌데. 그녀는 굶주린 악어처럼 울고 있었다.

***

　방은 협소하고 회색빛을 띠었다. 창문이 없었고 장식도 없었다. 탁자 한 개와 의자 두 개만 덩그러니 놓여 있었다. 탁자 위에는 등불이 하나 있었다. 의자에는 남자 두 명이 앉아 있었다. 희미하고 슬픈 빛 때문에 카르멜로는 그를 심문하는 자들의 얼굴을 잘 알아보지 못했다. 심문은 49시간 동안 계속되었다. 카르멜로는 피곤했다. 졸리기도 했다. 혼란스러웠다. 자신이 가수인지, 영웅인지, 공무원인지 살인자인지 감이 잡히지 않았다. 그의 앞에 있는 아부 아산 형사는 오랫동안 침묵을 지키고 있다.

　"저를 언제 풀어 주실 건가요?"

　"자백을 하면. 이미 너에게 말했지."

　"무엇을 자백하라는 건가요?"

　"강도짓과 살인."

　카르멜로는 깊은 한숨을 내쉬었다. 그는 도둑질이나 범죄에 대해 아는 것이 하나도 없었다. 자신이 유일하게 생각해 낼 수 있는 것은 파마를 하는 것과 접은 깃이 달린 셔츠를 사고 싶다는 것이었다.

"자네가 모두 자백하면 이 모든 것이 끝날 것이다. 한번 검토해 보자. 너는 '영웅'이라는 조건을 이용해서 푹시아 저택에 살그머니 들어가 대통령의 책들을 훔치고 그것들을 고인이 된 장관에게 팔려고 '지옥 같은 천국'에 가지고 갔다."

"하지만 죽었는데 그것들을 어떻게 팔겠어요?"

"그때는 아직 죽지 않았어. 빌어먹을…… 합의가 잘 되지 않자 네가 그를 돌로 쳐서 죽이고 도망을 쳤어."

"옷을 벗은 채로요?"

"너는 도망을 가고 안전한 곳에 책을 숨겼지."

"발가벗은 채로요?"

"당연하지. 너는 피가 묻은 옷을 입고 가지는 않았을 것이고, 도망가는 길에 새 옷을 훔쳤지. 이제 자백서에 서명을 할까?"

"할 수 없어요."

"우리가 이미 한 번……."

"할 수 없어요. 나는 당신이 찾는 사람이 아니고 나는 책에 대해서, 지옥인지 천국인지 그곳의 장관들에 대해서 아무것도 모르고 딱 한 가지만 기억을 합니다."

"무엇인데?"

"아무것도 아니에요. 아무것도 기억을 하지 못해요. 단지 노래들이지요. 알비노니의 〈아다지오〉를 불러 드릴까요? 잘 부를 수 있어요."

"됐어!"

아산 형사는 인상을 쓰고 아랫입술을 깨물었다.

"하지만 네가 아무것도 기억을 하지 못하면 너에 대한 혐의들이 사실이 아니라는 것도 기억하지 못할 테지. 그렇지 않나?"

"네. 사실 기억을 못 합니다."

"아하! 이보게. 이미 버추얼 비전을 통해 보았듯이 네가 얼마나 그동안 선량한 영웅 노릇을 해 왔는지 알겠지? 너는 하나도 기억하지 못할 테지만 그게 사실이라고. 하지만 이제 네가 알아야 할 게 하나 있는데 실은 네가 영웅도 뭣도 아닌, 살인자에 사기꾼에 도둑놈에 불과하다는 사실이야."

"사기꾼이요?"

"그러니까 살인자에 도둑이라고. 만일 네가 자백해 경찰의 협조를 구하면 정상참작으로 형량을 줄일 수도 있어. 여기에 사인만 하면 돼."

하지만 카르멜로는 구겨진 종이와 형사가 내미는 볼펜을 쳐다보지도 않았다. 그는 어디를 가야 접은 깃이 달린 셔츠를 살 수 있는지를 두고 오랫동안 생각에 빠졌다. 그리고 그는 수염은 그대로 놔두고 머리를 파마해야겠다고 생각했다.

"당신에게 〈미친 인생〉을 불러 드릴까요? 어떠신가요? 이 인생은 미쳤었다, 미쳐어어었다, 미쳐었다……."

아부 아산 형사는 손을 머리에 얹었다. 그리고 일어나서 카르멜로의 목을 지그시 조르기 시작했다. 다행스럽게도 TV 시스템을 보고 있던 49명의 경비 경관들이 들이닥쳐 한때 영웅이었던 그를 구할 수 있었다. 얼마나 큰 소란이 일어났던지 마르크스 형제(미국 희극 배우 4형제―옮긴이)의 무대가 이에 비하면 조용하고 평화롭게 느껴질 정도였다.

카르멜로는 그 틈을 타 방을 빠져나왔다. 어디로 가야 할지 알 수가 없어서 심문을 하기 전에 그를 가두었던 방으로 다시 들어가기로 했다. 낮잠을 푹 자는 게 좋을 거라고 생각하며 야전침대에 누웠다.

경비 경관의 부관이 카르멜로를 찾기 전에 몇 분 동안 겁을 먹었다. 조용하고 차분한 성격에 달팽이를 좋아하고 고문하기를 좋아하는 그는 카르멜로가 잠을 자는 걸 발견하고서 열쇠로 감방 문을 잠가 버렸다.

***

여자는 호흡을 억제할 수 없었다. 자기 평생에 이렇게 초조하고 흥분이 되었던 적은 없었다. 그런데도 식물원 동상처럼 꼼짝하지 못하고 몸의 근육을 하나도 움직이지 못했다.

발걸음이 규칙적으로 골목으로 다가오는 소리가 들렸다. 여자는 자기 앞에 드리워진 그림자에 온 정신을 집중했다. 몇 발자국만 더 다가오면 그녀에게 닿을 것이다. 그녀는 기다리고 기다려 가장 적절한 순간에 붉은 꼬리의 다람쥐처럼 실루엣 위로 뛰어올랐다. 충격은 엄청났다.

다시 발자국 소리가 천천히 들려왔다. 이번에는 여자가 느긋하게 서서 자신의 옆에 누워 있는 피해자를 보았다.

"잘했어."

아마폴라가 즐겁게 미소를 지었다.

"죽지는 않았겠지, 그렇지?"

"응. 곤봉으로 맞은 한두 달 동안 머리가 아프겠지만 조금 있으면 괜찮아질 거야. 자, 봐."

몸집이 큰 남자는 다름 아닌 라미로였다. 그가 누워 있는 남자의 옆구리를 세게 한 번 발로 차자 그가 고통스럽게 몸을 비틀면서 의식의 세계로 돌아왔다.

"봤어?" 그리고 다시 그 남자를 발로 찼다. "아부 아산 형사님, 우리는 당신에게 전할 메시지가 있습니다. 지금 당장 그 사건에서 손을 떼시지요. 그냥 내버려두고 더 이상 귀찮게 굴지 마시오. 알겠소?"

이 말과 함께 다시 한 번 그를 발길질하자 바닥에 쓰러져 있던 남자는 어쩔 수 없다는 듯 "알았소."라고 답했다. 라미로는 자신이 생각했던 것보다 일이 수월하게 끝나 만족스러운 미소를 지었다. 아마폴라는 전문가답게 행동했다. 라미로는 처음에는 그녀를 믿을 수 있을지 의심을 했지만, 그녀에게 모든 것을 털어놓는 순간 모든 의심과 걱정이 사라졌다. 왜냐하면 그녀가 그에게 그와 모든 것을 함께할 거라고 대답했기 때문이다. 만일 그가 폭력배라면 자기도 폭력배가 될 거라며 모든 임무를 직접 맡음으로써 폭력배가 어떤 감정을 느끼는지를 알고 싶다고 했다. 그렇게 되면 그들은 분명히 더 행복해질 것이며 자신들의 인생을 공포, 두려움, 걱정과 염려 없이 함께 공유할 수 있을 거라고 했다. 그러면서 관계가 더 견고해지고 커튼의 색이나 천을 어떤 것으로 할지와 같은 바보 같은 문제로 서로 다투는 일이 없을 거라고 했다.

그들은 서두르지 않고 손을 잡고 도시의 희미한 빛을 바라보며 어둡고 좁은 골목길을 걸어갔다. 인생은 아름다웠고 더 바랄 게 아무것도 없었다.

"법도 없고 정의도 없어!"

'비공공장소 전략적 위생부서 24보병대 모퉁이II 섹션V 적은 압력 하에 지속가능한 개발과 나쁜 환경부' 보조업무 책임자가 화가 나서 소리쳤다.

그를 둘러싼 사람들 모두 이에 공감하며 고개를 떨구었다. 상황이 그렇게 되었다. 수년 동안 일을 해 온 그들을 교체하려고 하는 것이다. 왜냐하면 그들이 숭배하는 장관이 정치적인 속임수로 세계의 대통령이 되고 새로 부임한 장관(농업부와 사라져 가는 다른 부의 장관이었다)이 모든 조직을 효율성과 생산성, 정확성을 위해서 교체하려고 했기 때문이다. 그리고 그 이유도 그저 그렇게 하고 싶었기 때문이라는 것이다.

"우리를 조용히 내보낼 수 있다고 생각하나 보지."

"법이 없어!"

"쥐꼬리만 한 월급에 평생 죽도록 일만 시켜먹고 거리로 내쫓다니."

"정의가 없어!"

"우리에게 생각할 시간이나 선택의 여지도 주지 않고 꽁무니 빼는 말을 하면서 모든 일을 기습적으로 진행하지. 아무런 경험도 없는 사람들에게 책임감 있는 일을 맡기겠어? 세상이 앞으로 어떻게 돌아갈지."

"정의가 없어!"

"아마도 해결이 되겠지."

"만일 그랬다면 벌써 해결이 되고도 남았겠지."

"법도 없고 정의도 없다."

"조용! 새 장관이 온다."

성향을 알 수 없는 장관이 방으로 들어왔다. 그는 꼭 새처럼 생긴 것이 매부리코에 이마는 좁고 턱수염은 짧고 커다란 눈은 튀어나올 거 같았다. 그리고 틱 현상이 있어서 고개를 계속해서 끄덕였다. 이러한 생김새와 그 외 여러 가지 이유로(그의 권한, 직무, 크레딧과 부인 이외 다른 여자) 그는 '갈까마귀'라는 별명을 얻게 되었다.

"존경하는 근로자와 협조자 여러분. 나는 마침내 여러분을 방문하게 되었습니다. 나는 잔 엠마누엘 루스테르코입니다. 이곳에 진즉에 왔어야 했는데 어떻게 하다 보니 일정이 늦추어졌습니다. 하지만 내가 얼마나 바쁜 사람인지 잘 아실 겁니다. 장관이 바뀌면서 정리할 일이 무척 많다는 것을 말이지요."

새 장관은 리드미컬하게 고개를 끄덕이면서 과장되게 말을 끊었다.

"나는 여러분의 업무에 대해 매우 만족스럽게 생각합니다. 여러분이 위생을 위해서 하는 그 모든 일을 말이지요. 여러분은 그야말로 프로들입니다. 그래서 나는 여러분 모두에게 다른 일을 맡기려고 합니다."

"모두를요?"

"물론 제게는 누군가를 해고하거나 연금을 49퍼센트 깎는 것을 결정할 권한은 없지요. 하지만 참고 기다려야 합니다. 보십시오. 지금 당장은 우리 부가 공중에 붕 떠 있지 않습니까. 새 정부가 완전히 업무에 복귀하기 전까지, 우리는 쇼윈도에 진열된…… 그런 여자들의 운명과 같은 거지요."

그러자 그 자리에 있던 모든 여성들이 일제히 떨떠름한 표정으로 장관을 바라보았다.

"여러분에게 말했듯이, 여러분들은 능력 있고 상상력이 풍부한 사람들을 필요로 하는 곳으로 배정될 것입니다. 다음 주부터 여러분들은 BLE, 특별청소여단에 소속이 될 겁니다. 안타깝지만 여러분들의 현재 직위는 유지하지 못할 겁니다. 여러분도 아시다시피 우리는 불확실성의 시대를 살고 있기 때문입니다. 하지만 장기적인 면에서는 직업적으로 더 나아질 수 있는 좋은 기회가 될 수도 있습니다."

장관은 잠시 생각에 잠긴 듯하더니 팔로 십자형을 그리며 모든 사람들을 도전적인 새의 표정으로 바라보았다(장관이 금방이라도 날아갈 거라고 믿는 사람들도 있었다).

"여러분들은 부서를 접수해야 합니다! 움직여야 합니다. 앞으로 나아가는 것은 여러분에게 달려 있습니다. 여러분은 나인핀스(11세기 독일에서 시작된 경기로 볼링의 전신―옮긴이)를 가지고 움직여야 합니다. 여러분의 나인핀스는 이제 장소를 바꾸었습니다. 잠을 자서는 안 됩니다!"

"생쥐의 철학이네……." 섹션V, 어쩌고저쩌고의 전 책임자가 중얼거렸다.

"뭐라고 하셨나요?"

"아니요. 아무것도 아닙니다. 우리는 나인핀스를 쫓아가야 하지요. 그 전설은 이미 알고 있습니다. 그것보다 우리에게 더 해 주실 이야기가 없나요? 앞으로 어떤 일을 해야 할지, 그리고 우리에게 예산은 얼마나 있는지, 정확하게 우리의 임무가 무엇인지 말입니다."

"훌륭한 질문이군요. 보시오. 여러분이 할 일은 앞으로 여러분 자신들이 정해야 합니다. 현대의 조직은 위에서 아래로 지시하는 것이 아닙니다. 그건 독재정치 시절에나 가능했던 거지요. 그렇다고 좌우로 서열이 있는 것도 원하지 않습니다. 혼란스러울 테니까요. 여기서는 DGST, Down Going Straight to the Top. 아래 부분은 모두 다 동일하고 톱으로 이어지는 것을 추구합니다. 그러니까 여러분들 자신이 여러분들의 일을 옹호하고 여러분들의 업무를 정해야 한다는 뜻이지요. 가능한 빨리 내게 제안서를 보내 기구의 담당자에게 넘겨주게 하시오. 이미 여러분에게 말했듯이 여러분들은 부서 내에서의 위치를 스스로 찾아야 하오. 유감스럽게도 정해진 예산을 책정할 수는 없습니다. 여러분들이 살아남을 길을 찾아야 하는데, 잘 설명을 했는지 모르겠군요. 하지만 보조금, 지원금 등은 무척 많습니다. 그것으로 활동을 하면 부서의 기금을 낭비하지 않고 좋은 일을 많이 할 수 있지요. 그럼에도 내가 강조하고 싶은 것은 여러분의 활동이 우리 부를 위해서 중요하다는 것이고 나는 여러분 없이는 아무 일도 할 수 없다는 겁니다."

***

몸집이 큰 남자는 텅 빈 복도를 살그머니 지나갔다. 가끔씩 멈추어 서서 조심스레 주변을 살폈다. 그리고 잠시 주저하다가 다시 가던 길을 갔다.

여러 방을 지나고 어느 방 문 앞에서 멈추어 섰다. 다시 걱정스레 주변을 살핀 뒤 아래턱을 긁적이며 어깨를 움찔해 보이고는 천천히 문을 열었다. 희미한 불빛이 비치자 그는 미소를 지었다(희미한 불빛은 밝고 적막한 복도보다는 49배 더 나았다). 그리고 그는 거무스름한 독수리가 먹이에게 다가가듯 살금살금 걸어 들어가 방 안을 살폈다.

두 개의 문이 있는 공간은(불쾌하다는 표정으로 얼굴을 찡그렸다) 중앙에 놓여 있는 기다란 탁자 외에는 아무런 가구도 보이지 않았다. 그 탁자 외에 쌍방향 통신기와 방구석에 불이 꺼진 등이 있었다. 탁자 위에는 잠이 들었는지 죽었는지 여자 하나가 벌거벗은 채 탁자 위에 엎드려 있었다.

놀라움과 감탄이 섞인 표정을 지으며 몸집이 큰 남자는 방의 중앙을 향해 나아갔다. 탁자 옆에서 멈추어서 자신의 앞에 놓여 있는 황홀한 육체를 멍하니 바라보았다. 단언컨대 그것은 확실히 완벽한 육체라고 할 수 있었다. 너무 완벽해서 천재적인 미켈란젤로가 조각해 놓거나 훌륭한 성형외과 의사가 수술해 놓은 것 같았다.

체구가 큰 남자는 자신의 등에서 전율을 느꼈으나 꼼짝하지 않고 가만히 서서 여자의 하얗고 부드럽고 섬세한 피부, 늘씬한 몸매, 복숭아 같은 엉덩이, 쭉 뻗은 다리를 감상하고 있었다. 그는 고개를 숙이고 조심스럽고 천천히 그의 두툼한 손을 매끄러운 피부로 가져갔다. 그러나 피부에 대지는 않고 1센티미터의 거리를 두고 그녀의 몸을 훑기 시작했다. 비록 두 사람이 육체적으로 직접 접촉을 하지는 않아도 여자는 손의 움직임에 따라 전율을 느끼고 있었다. 이러한 일은 과학적으로 설명이 되지는 않지만, 여러 가지 이론을 종합해 보면 이해할 수 있다. 이러한 이론들은 이미 몇 세기 전에 폐기가 되었는데, 영혼의 접촉이나 긍정적인 에너지의 상호교류에 대한 이론들이다. 어찌 되었든 몇 분이 지나자 남자가 갑자기 멈추었을 때 여자는 전율을 느끼면서 쾌락의 짧은 신음소리를 냈다.

그는 역사박물관의 동상처럼 꼼짝하지 않고 티베트 고양이처럼 으르렁거리는 그녀를 바라보았다. 그녀는 몸을 돌리려 했고 그는 그의 거대한 손을 그녀의 가녀린 목덜미에 대면서 그 동작을 저지했다. 그녀는 다시 몸을 비틀었고 그는 천천히 손에 힘을 가하기 시작했다. 그녀의 근육이 차츰 부드러워지다가 무기력해지더니 마침내 움직임이 없어졌다.

***

새로 부임한 '나쁜 환경부' 장관은 새로운 세계 대통령인 에델미로 엠마누엘 어쩌고저쩌고와의 모임을 위해 발걸음을 재촉했다. 아직도 많은 사람들이 전 대통령이 건강상의 이유로 그렇게 갑자기 사임한 것에 대해 놀라워하고 있다(아직도 사람들은 아름답고 날씬하고 지혜로운 그녀를 그리워하고 있다).

그녀는 조르드에게 자신의 직위를(아직 1년이 남은 선거도 치르지 않고) 넘겨주었다. 그만큼 그를 신뢰했던 것이다. 하지만 그는 자세한 내용을 모두 알고 있었다. 그는 매우 매력적인 '종교 통제와 성 억제부' 장관과 손을 잡고 사진과 비디오를 구해서 전 대통령인 그녀에게 카르멜로 프리사스가 은하계의 가장 잔인한 범죄자이자 살인자이며 사기꾼이라는 사실을 보여 주었다. 속임수는 완벽했다. 그녀가 사임함과 동시에 사진과 비디오는 대중에게 공개되었다.

'나쁜 환경부' 장관은 푹시아 대통령 관저의 복도를 초조하게 걸어가는 사이 두 번째, 아니 세 번째 계획을 생각하고 있었다(두 번째는 아직 공개하기에는 너무 위험하다).

그 계획은 거추장스러운 '행성간 업무부' 장관을 해고하는 것이었다. 그는 다름 아닌 카르멜로의 부친이다. 그다음에는 쥐도 새도 모르게 정치무대에서 전 대통령을 제거하는 것이다. 공화국을 변화시켜 새롭고 찬란한 독재주의를 인류 역사에서 시작할 것이다.

드디어 그는 사무실 앞에 도착했다. 사무실은 경호원 한 명이

지키고 서 있었다. 그는 왕년에 권투선수였지만 우승을 해 본 적이 한 번도 없었다. 하지만 훤칠한 키와 근육질의 잘생긴 얼굴 덕에 버추얼 비전 광고에 출연하면서 떼돈을 벌기 시작했다 (전 재산을 도박, 여자와 세금으로 다 썼다). 경호원이 그에게 고개를 옆으로 기울이며 눈썹을 찡그렸다. 조르드의 기분이 좋지 않다는 징조였다. 그는 깊은 한숨을 내쉬고 안으로 들어갔다.

웅장한 대통령의 의자 뒤로 한쪽 손과 연기를 내뿜는 담배가 보였다. 장관은 어깨를 움찔하고 긴장한 채 서 있었다. 조르드는 그에게 등을 지고 있었는데 이는 좋은 징조가 아니었다.

"우리에게 문제가 하나 있네." 조르드의 또렷하고 침투하는 듯하며 깊이 있는 목소리가 '나쁜 환경부' 장관의 목덜미의 머리카락을 곤두세웠다.

"문제요…… 무슨 문제입니까?" 그가 더듬거리며 말했다.

"자네, 루스테르코…… 자네가 문제라고."

"저요? 무슨 말씀이신지……."

천천히 대통령의 팔걸이의자가 한 바퀴 돌더니 조르드의 눈이 그의 눈을 노려보았다. 장관은 뼈가 흐늘거리는 것처럼 다리가 떨리기 시작했다.

"자네는 부관들을 어떻게 뽑아야 하는지 잘 모르는 것 같아. 아니면 단지 어리석거나, 무지하거나 바보 같은 야생 당나귀든가!"

"구일리안? 책들?" 더듬거렸다.

조르드는 그에게 살인적이고 매서운 눈초리를 보냈다. 장관은 자신에게 얼마 남아 있지 않은 침착함마저 잃고 49번의 변명과 사과를 늘어놓았다(그러는 사이 그의 코를 타고 굵은 땀방울이 흘러내렸다). 그리고 자신은 그 일과는 아무런 상관이 없고 자신이 직접 구일리안을 담당해서 비밀의 책을 되찾아오겠다고 했다.

　조르드는 그에게 조용히 하라고 하라며 목소리를 가다듬고 고개를 약간 숙인 채 눈을 부라리며 위협적인 표정으로(심한 장난을 친 아이를 나무라듯이) 신랄하게 말했다.

　"이번에는 절대 실수하면 안 돼."

＊＊＊

　"라미로." 여자가 쾌락적인 신음소리를 냈다. "당신은 최고야." 쾌락적인 신음소리는 더 커져 갔다. "정말이지, 당신이 없으면 나는 어떨지……."

　"감사합니다. 대통령 각하."

　"그냥 아나라고 불러. 이제 나는 대통령이 아니잖아. 그냥 아나 로페스 데 모나스테리오구렌 바스케스 데 멘디올라, 적어도 현재로선 그렇다는 게 확실해."

　남자의 두툼한 손은 목 주변을 다 마치고 등 부위를 마사지하고 있다. 누르기도 하고 힘을 빼기도 하고 애무를 하기도 하고 두들기기도 하면서. 그의 날렵한 손가락은, 쇼팽상을 수상한 피아니스트들도 부러워할 정도인데, 수많은 마사지 대가들이 오랜 기간 동안 찾아낸 신체의 중요한 부분들을 강하면서도 부드럽게 이완시켜 주었다.

"이 세상 누구도 마사지 기술에서 당신을 따라갈 사람은 없어. 그러니 이 일에만 몰두해야 해. 알겠어?"

"감사합니다. 하지만 이건 제 취미인걸요. 만일 제가 이 일에 전념한다면 더 이상 취미가 아니게 될 겁니다. 그래선 안 되지요. 사람이 어떻게 취미 없이 살 수 있습니까? 제가 시간이 남을 때 무슨 일을 할 수 있겠어요? 그럴 수는 없습니다. 안 됩니다. 당신은 취미가 있으신가요?"

아나는 아랫입술을 깨물고는 중요한 정치가들이 곧잘 하듯 대답하기 전에 신중을 기했다.

"세계를 통치하면서 취미를 갖기란 쉽지 않아." 그녀가 부드러운 목소리로 말했다.

"그렇지요. 그렇기는 하지요."

"라미로, 자네는 형사에게 좋은 일을 했어. 메시지를 정확하게 받았다고 확인을 해 주었지. 비록 너무 늦기는 했지만 말이야. 이미 사건이 일어났지."

"저에게 버추얼 비전의 아나운서를 맡겨 주시지요."

"아니, 아무 소용이 없어…… 사실……, 내 생각에 이미……." 라미로가 등 아랫부분을 마사지하기 시작하자 짧고 쾌락적인 신음소리를 냈다. "내 생각에 이 일에 더 이상 관여하지 않는 게 좋아. 자네는 카르멜로의 애인도 구해 줄 수 있어. 이제는 더 이상 방해물이 아니니까."

"각하, 저는……."

라미로는 그녀에게 조각같이 매우 아름다운 아마폴라와의 사건을 얘기해 주었다. 그녀의 야성적인 아름다움에 폭 빠져 있다는 것과 그녀와 모든 걸 함께하기로 결심했다는 것을 이야기했다. 그녀가 아부 아산 형사를 처리했을 때 그녀에 대해 자신이 느낀 자부심도.

"사실 각하께 요청을 드리고 싶은 것은, 만일…… 제 말을 이해하신다면, 그녀를 다시 고용할 수 있으신지요. 저도 이렇게 말씀드리는 게 올바른 방법이 아니라는 것은 알고 있지만……."

전 대통령은 카카오열매 앞의 칠면조처럼 미소를 지으며 그녀를 위한 자리는 당연히 있을 거라고 말해 주었다. 단지 그것이 자신의 일상 업무와 금요일의 마사지를 방해하지만 않는다면.

그때 큰 키의 금발머리에 눈이 큰 전 대통령의 비서 패트릭이 방으로 들어와 질투심 섞인 위협적인 시선으로 라미로를 쳐다보며 대통령에게 '종교 통제와 성 억제부' 장관의 전화가 비밀라인을 통해 연결되어 있다고 했다.

아나는 불쾌하다는 표정으로 인상을 찌푸렸다. 그녀는 마사지를 받고 있을 때 방해 받는 걸 무엇보다도 싫어했다. 게다가 매우 매력적이고 비단결 같은 그 장관이 그녀를 정치적으로 몰락시킨 이유 중 하나라는 것을 잘 알고 있었다.

벌거벗은 피부가 하얗게 빛나고 재스민 꽃처럼 아름다운 여인이 의자에서 일어나 멀티미디어 쌍방향 49세대 통신기를 향해 당당하게 걸어갔다. 라미로는 눈으로 그녀를 황홀하게 따라가면서, 지금 홀딱 빠져 있는 아마폴라와 고귀한 대통령 사이에서 선택을 해야 하는 어려움이 생길지 모른다는 생각이 들었다.

패트릭은 자신이 가지고 있던 얼마 안 되는 의심을 버리고 자신이 알고 있는 MmD와 SmA(매우 정숙한 여자들과 매우 관능적인 여자들)의 기준을 넓혀서 이 세계 대통령을 여기에 포함시키기로 마음을 먹었다. 그와 동시에 그녀를 야전용 침대로 데리고 갈 수 있는 1,001개의 전략을 세웠다(패트릭은 북쪽의 추운 산악지역에서 왔는데 그곳은 교육수준이 높지 않아서 여가시간을 보내기 위한 버추얼 비전이 없다는 것을 언급할 필요가 있다).

라미로는 귀를 기울였지만 아나의 목소리만 들릴 뿐이었다.

"좋아, 구일리안. 나한테 원하는 게 뭐야?"

끊김.

"당연하지. 나는 책을 되찾고 싶지……. 하지만 사진과 비디오도 필요하고……."

끊김.

"자네가 그것들을 회복할 능력이 있어야 해."

끊김.

"아니."

끊김.

"우리 모두 귀중한 것을 갖고 있지……. 자네는 무엇인데?"

끊김.

"아니."

끊김.

"좋아."

끊김.

"자네에게 믿을 만한 사람을 보내지. 안녕."

전 대통령은 라미로에게 향했다. 얼굴에 걱정과 두려움과 초조함이 묻어났다.

"자네가 해 줄 일이 하나 있어. 위험하기는 하지만(미소를 지었다) 자네가 좋아할 거야."

***

삐걱거리는 소리가 어렴풋이 났다. 바로 옆방에서 비몽사몽 중에 화면을 보고 있는 감시자들이 카르멜로를 더 잘 볼 수 있게 보안카메라의 위치를 바꿨다.

카르멜로는 허공을 바라보며 목청껏 노래를 불렀다. 그러한 모습은 그가 창문도 없고 아무것도 없는 철통같은 감옥에 갇혀 있는 것을 감안한다면 놀라운 일이었다.

"정말 이 작자는 위험해." 감시자들 중 하나가 말했다.

"그런 거 같군. 깨끗한 양심을 가진 사람이라면 저런 식으로 하루 종일 노래를 부르지는 않을 거야. 공공보건과 환경보존에 반하는 20개 이상의 법을 어겼지. 감방이 잘 격리가 되어 있어서 다행이야."

"다행이지."

"어찌 되었든…… 그가 실제로 은하계에서 가장 잔인한 살인마라고 믿나?"

"당연하지. 그를 잘 봐. 얼마나 침착하고, 동작이 얼마나 조화롭고 자신감에 넘치는지. 이 작자는 위험인물이야. 이미 과거 천 년 동안 역사책에 기록하기 위해 이런 살인자가 나타나기를 기대했을 거네."

"분명히 탈출을 시도할 거야."

"자네 그렇게 믿나?"

"확실하지. 위험인물이니까."

두 간수는 천천히 고개를 끄덕이고 계속해서 팝콘을 먹으면서 불에 덴 듯한 비비 같은 얼굴을 하고 모니터를 관찰했다. 그러는 동안 그들의 머릿속은, 모든 훌륭한 간수가 그러하듯이,

아무 생각이 없었다.

4시간 9분이 지나자 그들 중 하나가 양해를 구하고 개들에게 먹이를 주러 갔다(비둘기와 싸움을 잘하는 풍뎅이와 더불어 유일한 동물인데, 풍뎅이는 세월이 흘러도 커다란 변화 없이 진화했다). 이 개들은 감옥의 외곽 주변을 감시하면서 순찰을 돌았다.

혼자 남은 간수는 잠시 생각에 잠겼다. 그런데 갑자기 카르멜로를 감시하는 디지털 저장 시스템이 차단되었다. 그는 총과 4세대 초경량 메가 전자 마비기(목요일에만 몇 군데 안 되는 곳에서 판다)를 가지고 용기를 내어 방을 나갔다.

카르멜로는 그 방에서 언제까지 갇혀 있어야 할지를 자문해 보았다. 거의 2주 동안을 갇혀 있었다. 그는 재판이 다시 열리기를 기대했다. 그는 이제 자기 앞에 있는 사람과 천정에서 자신을 관찰하는 냉정한 네온불빛을 향해 자기가 아는 레퍼토리를 모두 불렀다.

지난 일을 곰곰이 생각하고 기억을 하려고 노력하면 할수록 아무것도 떠오르지 않았다. 내가 장관을 살해했나? 책들을 훔쳤나? 무엇 때문에? 왜? '지옥 같은 천국'에서 무엇을 했나? 실제로 이탈리아 피자와 농장의 닭을 좋아했나? 농장의 닭은 어떤 냄새가 날까?

사실 친절한 아부 아산 형사와 사납고 무뚝뚝한 판사가 그에게 퍼부은 모든 질문들이 정확하게 그가 궁금해하던 것들이었다. 그런데도 한 가지 사실은 분명했다. 자신이 살인자가 아니라는 것. 아마도 가수일 수는 있다. 하지만 그것은 벌금을 내거나 정신과 치료를 받으면 해결될 수 있다. 언제쯤이나 기억력이 되살아날까?

그가 깊은 생각에 빠져 있는 사이 감방의 문이 열렸다. 간수 중 하나, 가장 상냥한, 어린아이 같은 사람이 음식을 가지고 방으로 들어왔다. 카르멜로는 너무 기뻤다. 그에게 음식을 주기 위해 감방에 누군가가 들어오기는 처음이라 쟁반을 받으려고 간수에게 다가가서 팔을 뻗으려고 하는데 간수가 놀라서 그를 저지하고 뒤틀린 야생엉겅퀴처럼 생긴 이상한 물건을 흔들었다.

"멈추시오. 가까이 오지 마시오. 안 그러면 전자 마비기를 사용할 거요."

카르멜로는 멈춰 선 채 양손을 들었다. 간수는 말을 이었다.

"나는…… 좋아, 당신에게 협상을 제안하려고 하오."

"협상?"

"그럼…… 좋아, 나에게 사인을 하나 해 주면…… 이미 알고 있지요? 우리 딸을 위해서……."

"내가요?"

"그렇소. 은하계의 최고의 살인자. 언제나 버추얼 비전에 나오지. 내 아이는 당신 얘기를 하루도 멈추지 않소. 그러니 내 생각에 아마도……."

카르멜로는 고개를 끄덕이고 간수가 그에게 건네주는 149세대 개인 디지털 보조기를 받아 들었다. 이것은 오래전에는 전자수첩이라고 불리던 것이다. 그는 흔쾌히 멀티미디어 디지털 사인을 해 주고는 간수의 딸을 위한 헌사도 빠트리지 않았다.

"그런데 협상은?"

"좋소. 우리 장모를 없애 주었으면 하오."

"당신 장모를요?"

"돈은 많이 주겠소. 나는 크레딧을 다 저축해 두었고 연금도 거의 그대로 있소."

"하지만 나는 감옥에 있는데."

"탈출할 거라고 확신하오."

"만일 내가 살인자가 아니라면, 당신은 뭐라고 말을 하겠습니까?"

"분명합니다. 분명해요. 당연히. 하지만…… 만일 당신이 자유의 몸이 되어서 시간이 좀 남으면…… 나의 장모와 사령관을……."

"사령관도요?"

"글쎄, 잘 모르겠소. 아마도 사령관만. 모르겠소…… 두 사람이 다 해당되는지 확신을 할 수 없군요."

카르멜로는 주저하는 간수에게 다가가 그의 등을 두들겼다.

"더 이상 아무 말도 하지 마세요. 내가 생각 좀 해 보고 당신에게 말해 주겠습니다. 됐나요?"

"좋소."

"이제 식사를 하겠습니다."

"좋소."

"다음에 봅시다."

"좋소."

"당분간 나를 혼자 있게 놔두세요."

"그러지요. 물론이지요."

간수는 문을 닫았고 카르멜로는 행복하게 노래를 불렀다.

"……드룹 드룹 둡 드루루루루…… 나는 재즈의 왕이고 고
고, 스윙의 가장 귀여운 왕이고, 너무 높아서 더 이상 올라가서
는 안 되고, 그것이 나를 고통스럽게 하네."

***

"누구라고?" 아부 아산 형사가 물었다.

"보디로바. 아우로라 보디로바."

"그 아우로라가 도대체 누구냐고? 뭘 원하는지 말해 봐."

형사보다 먼저 퍼즐을 맞춘 중사가 긴장한 채 땀을 흘리며 말
을 더듬었다.

"그 여성…… 아우로라는…… 그러니까…… 보조 형사가

되고 싶어 합니다."

"자넨 어떻게 감히 나에게 그런 얘기를 할 수 있나? 자네 하는 일이 도대체 뭐야? 아무나 들어와서 자기가 원하는 것을 요구할 수 있어?"

아부 아산 형사는 문진을 들어서 중사의 머리를 향해 던졌다. 이런 일에 익숙해 있던 중사는 아부 아산 형사의 안색이 자줏빛으로 변하는 것을 미리 눈치 채고 몸을 숙였다. 문진은 새로운 세계 대통령, 뛰어나고 매우 훌륭한 에델미로 어쩌고저쩌고 조르드의 사진을 명중했다.

상황이 더 악화될 수 있었지만 그 순간 아우로라가 방으로 들어왔다. 그녀의 외모는 사람들에게 그렇게 깊은 인상을 줄 정도는 아니었다. 하지만 그녀가 허락도 없이 방 문을 들어설 때 얼마나 당당하고 단호했는지 법의 수호자들조차 꼼짝하지 않고 돌처럼 굳어져서 그녀를 뚫어지게 바라볼 뿐이었다.

"안녕하세요." 아우로라가 말했다.

"안녕하시오." 아산 형사가 간신히 대답했다.

단호하게 그들 앞에 선 그녀는 방을 세심하게 살피면서 한 바퀴 돈 다음 벽에 그 사진을 걸어 놓은 것은 좋은 취향이라고 말했다. 그리고 그 방에 화초가 없다는 것을 강조하며 두 사람 다 퍼즐 맞추기를 좋아한다고 기분 좋게 말했다('형사님, 오늘 나는 5분 만에 퍼즐을 맞추었어요'). 하지만 산산조각 난 사진 앞에서는 언짢은 기색을 자제하며 말을 이었다.

"나의 사랑하는 조르드 삼촌이⋯⋯."

"당신이 원하는 게 뭐요?" 아부 아산 형사가 단도직입적으로 물었다.

아우로라는 의자에 앉아 천진난만한 표정으로 형사의 화를 돋우었다.

"저는 보조 형사가 되어서 카르멜로 프리사스의 사건을 맡고 싶어요."

형사의 왼쪽 눈이 파르르 떨리기 시작하는 동시에 중사가 겁을 집어먹고 안색이 자줏빛으로 변했다. 중사는 마치 누군가에게 급하게 불려 나가듯 빠르게 방을 빠져나왔다.

"형사라?" 아부 아산의 어조는 침착했다. "형사가 되는 건 쉽지 않소. 공부를 많이 해야 하고 시험을 치러 실전에서 실력도 보여 주어야 하지요. 그리고 카르멜로의 사건은 이미 조사가 끝났소. 그건 그렇고 당신 전공은 무엇이요?"

"없어요."

아우로라는 그에게 함박미소를 지어 보였다.

"무슨 학위가 필요한가요?"

아부 아산은 잠시 생각에 잠겼다.

"이를테면⋯⋯ 시민법, 신체교육과 성교육, 갈취 응용 경제, 전자공학과 멀티미디어 응용 마케팅 학위들이 필요하지요. 그리고 울트라 호신술 마스터와 다른 격투기 기술과 긴장완화 기술이 필요하지요. 그 외에도 최고 수사관 타이틀을 갖고 있어야 합니다."

아우로라는 공감한다는 뜻으로 윙크를 하고 자신의 멀티미디어 통신기 어쩌고저쩌고(이미 책에서 수차례 언급했음)를 들고 형사가 한 말을 그대로 되풀이하면서 전화를 걸었다. 그러고는 입가에 바보 같은 미소를 지어 보였다.

아부 아산은 어쩔 줄을 몰랐다. 한편으로는 이 무례한 여자의 머리에 문진을 던져 버리고 싶었으나 다른 한편으로 그녀의 출현에 주눅이 들어 있었다. 새로운 세계 대통령을 삼촌이라고 불렀기 때문이다. 게다가 그녀의 송아지 같은 신비스러운 미소에 이상하게도 최면이 걸려 있었다. 그가 할 수 있는 일이라고는 기다리는 것밖에 없었다.

5분이라는 기나긴 시간이 흘렀다. 그리고 노크 소리가 들렸다.

"심부름꾼이 아우로라 양에게 소포를 한 개 가져왔습니다."

그녀는 즐겁게 소포를 받은 다음 열어서 아부 아산이 요구한 학위들을 모두 꺼내 보였다. 당연히 멀티미디어 형태로 되어 있었다.

"이제 문제없지요, 안 그런가요?"

아산은 아무 말도 할 수가 없었다.

"이제 저는 당신의 부관이에요. 카르멜로 프리사스 사건을 다시 시작하지요."

형사는 여전히 아무 말도 할 수 없었다. 고개를 양옆으로 강하게 흔들며 그의 얼굴색은 자줏빛으로 변했다.

아우로라는 도전적으로 두 손을 허리에 받쳤다.

"또 뭐가 더 필요한데요?"

아산은 침착함을 유지하려고 최대한의 노력을 했다.

"사건을 다시 시작할 수 없소. 이미 종료가 되었으니. 그리고 누가 부관이 되고 안 되고는 내가 결정하지요. 내 말은 당신은 안 된다는 뜻이고 아무리 많은 학위를 갖는다 해도 경찰이 될 수는 없습니다."

아우로라는 다시 자신의 멀티미디어 통신기를 들었다.

"여보세요. 안녕하세요, 할아버지…… 네, 저 지금 아산 형사와 같이 있어요. 네, 매우 친절하시지요. 네…… 아시다시피 이제껏 저는 한 번도 제대로 일을 하려고 하지 않았잖아요. 네, 하지만 이번에는 형사 부관이 되고 싶고 카르멜로 사건을 위해 일하고 싶어요. 네, 너무 좋을 거 같아요, 정말인가요? 너무 좋아요. 감사합니다, 할아버지."

아우로라는 돌아서서 아부 아산에게 윙크를 하면서 통신기를 건네주었다.

"아부 아산 형사입니다. 네, 물론이지요. 당연히 문제없습니다. 물론이지요, 네. 장관님께서 원하시는 대로요. 그녀와 함께 일하게 되어 정말 영광입니다. 네, 백지 편지, 네, 물론입니다. 네, 장관님."

아산은 의자에 털썩 주저앉았다.

"보디로바 양, 언제든 원할 때 시작할 수 있소." 그녀에게 말했다.

"그냥 아우로라라고 불러 주세요." 아우로라(되풀이할 가치가 있다)는 이렇게 말하며 형사의 볼에 쪼옥 입을 맞추었다.

"당장 시작하지요. 저에게 서류를 다 가져오시고, 그리고…… 사무실이 하나 필요해요."

"중사!"

***

매력적인 '종교 통제와 성 억제부' 장관인 구일리안은 변두리의 지저분한 모텔 방을 우리에 갇힌 오리너구리처럼 왔다 갔다했다. 혐오스러운 표정으로 낡고 때에 찌든 가구를 쳐다보며 자신이 처한 처지를 비관했다. 잔 엠마누엘 루스테르코를 배반하면 큰 대가를 치러야 한다는 것을 알고 있었지만 위험을 감수할 각오가 돼 있었다(약간 의심스럽지만). 만일 계획이(그는 완전하다고 생각했으나 약간은 의심되는) 성공한다면, 부와 명성을 얻는 동시에 루스테르코는 몰락할 것이다.

어찌 되었든 실제로 그가 가장 염려하는 사람은 조르드였다. 그는 세계 대통령이 어떻게 반응할지 정확하게 예측할 수가 없었다. 약간의 실책이나 과오가 생긴다면 공식적으로 그는 은하계 Z로 이민을 가게 되거나 혹은 폭력배들의 폭력에 의해 목숨을 잃고 땅에 묻히고 말 것이다.

굵은 땀방울이 그의 등을 축축하게 적셨다. 셔츠를 벗고 목욕탕으로 들어갔다. 두 시간 후면 전 대통령의 심부름꾼이 도착해 그와 책을 전달하는 문제를 협상할 것이다. 자기도 그 책을 읽고 그것들이 무엇에 쓰이며 비밀스러운 책이 가진 힘이 무엇인지를 알고 싶었다. 미소를 지었다. 어찌 되었든 책들은 그에게 막대한 돈과 권력과 미래였다.

그리고 그곳에서 두 시간을 더 머무르면서 루스테르코가 오기를 기다릴 것이다. 계획은 단순했다. 루스테르코는 몰락할 것이다. 증거를 남겨서 조르드로 하여금 '나쁜 환경부' 장관이 배신자고, 전 대통령이 책을 되찾기 위해 그를 죽였다고 생각하게 만드는 것이었다.

구일리안은 거울에서 한참 동안 자신을 바라보았다. 벗은 상체, 건장한 팔, 아름다운 얼굴, 부드럽고 비단결 같은 용모. 너무 예쁘게 생겨서 어릴 때 주변 사람들 모두 그를 여자아이로 생각했을 정도였다.

천천히 머리를 쓰다듬었다. 계속 초조했다. 지나칠 정도로. 카운터에 전화를 걸어 그 집의 전문인 '깜짝 마사지'를 신청했다. 그리고 옷을 모두 벗고 샤워를 했다(깜짝 마사지는 에로틱하고 축제 같은 마사지로 값이 비싸며 도시 외곽의 모텔에서 해 주는 것이다. '깜짝'이라는 것은 두 가지 측면이 있는데, 하나는 미리 계획된 것이 아니라는 뜻이고, 다른 하나는 누가 마사지를 하러 들어올지, 남자인지 여자인지 젊은 사람인지 늙은 사람인지 뚱뚱한 사람인지 날씬한 사람인지 알 수 없다는 것이다. 어쨌든 고객에게 완전한 만족을 준다).

잠시 후 머리에서 물줄기가 흘러내리는 동안, 그에게 인사를 건네는 여자의 목소리가 들렸다. 여자 모습이 커튼 뒤로 보였다. 그는 미소를 지었다. 긴장을 완화하기 위해서는 섬세한 여성이 더 적당할 것이다. 커튼이 걷혔다.

***

"말씀해 보세요, 형사님. 이런 세상에서 과연 행복할 수 있나요?"

아우로라의 목소리는 화면과 확성기, 많은 보고서, 사진, 리포트, 퍼즐이 들어 있는 버추얼 상호통신기 등 책상을 완전히 덮어 버린 중요한 디지털 증거들 사이에서 들렸다.

아산 형사는 아우로라가 보여 주는 훌륭한 업무 능력에 분명히 놀라고 있으면서도 한편으론 기분이 몹시 언짢았다. 잘 알지도 못하는 사람을 형사 부관으로 앉혀야 한다는 사실에 화가 났고 또 한편으로 그녀 혼자서 49명의 부하직원들보다 더 많은 일을 해낸다는 사실에 자존심이 상했다.

"어떻게 생각하세요?"

"무엇을 어떻게 생각하는데?"

"이런 세상에서 과연 행복할 수가 있냐고요."

형사는 그 질문을 잠시 생각한 뒤 팔꿈치를 책상에 기대고 "아니. 아니."라고 간결하게 대답했다. 그는 '지옥 같은 천국'에서 있었던 일을 떠올리고 있었다. 그는 다시 한숨을 내쉬고 "적어도 완전하지는 않아."라고 말했다.

"저도 그렇게 생각해요. 그래서 행복을 추구한다는 것 자체가 큰 의미가 없지요. 고통을 피하려고 노력하는 편이 나아요."

"고통?"

"이 세상의 고통 말이에요."

아우로라는 자리에서 벌떡 일어났다. 그녀의 손에는 작은 보고서가 하나 쥐어져 있었다. 중사가 자신의 주머니 크기만 한 전자수첩에서 뽑은 녹음된 메모들이었다.

아부 아산은 아우로라를 몽롱하게 바라보았다. 그녀의 키가 제법 큰 것 같았다. 그녀의 눈은 흥분으로 반짝 빛났고 볼은 홍당무처럼 빨개졌다. 아산은 놀라서 입을 벌렸다. 지금쯤이면 그녀의 얼굴이 창백해지고 핏기가 없어지면서 네오닐리티카해졌어야 했다(네오닐리티카는 사무실 직원, 엔지니어와 멸종 위기의 종족들에게 나타나는 현상으로 네온 빛에 계속해서 노출되는 결과를 지칭하는 새 단어다).

그녀는 이틀 동안 경찰 조사의 절차를 배웠다. 그리고 녹음된 보고서를 다시 듣고 비디오를 연구하고 사진을 기억하고 혐의가 있는 사람들의 인생을 분석하고 복잡한 퍼즐을 풀었다(화가 치밀 정도로 빠른 속도로 풀었다).

아우로라는 전자수첩을 위협적으로 흔들어 대며 아부 아산에게 맞섰다.

"제 생각에 우리가 해결하지 않은 문제가 많은 거 같아요. 카르멜로의 최종 재판이 이틀 안에 열리는데 왜 그를 살인자라고 하는지 이유를 모르겠고 왜 그 장소가 선택되었는지도 모르겠어요. 그리고 카르멜로의 애인에게 무슨 일이 일어났는지, 여성 대통령의 비서가 왜 혼수상태에 빠졌는지(아직도 그런 상태인지 조차도), 카르멜로를 운명의 여신의 발톱으로부터 구한 창녀가 지금 어디에 있는지도 모르잖아요."

형사는 무슨 말인지 모르겠다는 표정을 지었다. 아우로라는 인상을 쓰면서 다정하게 설명을 반복했다.

"죽음의 발톱으로부터요."

"아!"

그리고 말을 이었다.

"우린 지금 책이 어디에 있는지조차 모르고 있어요. 누가 카르멜로를 고문했는지도 모르고요(그를 전에 알고 있던 증인들에 의하면 그가 이성을 잃은 게 분명하지요). 마지막으로 범죄를 저질렀다고 진술한 혐의자가 있지요? 청소부 말이에요."

"심문을 하는 내 부하들이 어떤 사람인지 잘 모르고 하는 소리요." 아산 형사가 자부심을 갖고 으르렁댔다.

"그럴 수 있지요. 하지만 제가 직접, 좀 더 자세히 그녀를 심문하려고 해요."

아부 아산은 순간 얼굴을 찡그렸다. 아마도 그녀의 말이 옳을지도 모르고 그들이 놓친 작은 부분이 있을지도 모른다. 하지만 조사는 항상 그러했고 어느 사건이든 그에 대해 철저하게 알 수는 없는 노릇이었다. 중요한 것은 재판을 해서 혐의자를 판결하기 위해 충분한 증거를 수집하는 것이다. 자신의 경험을 통해 볼 때 증거는 충분했다. 그는 입술을 깨물고 참을성을 가지고 대답했다.

"당연하지요, 당연해요. 내일 당장 모든 혐의자들과 증인들을 다시 심문하도록 하지요."

"내일이요? 지금 당장이어야 해요. 시간은 충분해요."

"지금?"

"물론이지요."

아우로라는 눈 깜짝할 사이에 자신의 새로운 재킷(여성 대통령이 입어서 유명해진 옷)을 걸쳐 입고 문으로 향했다.

"자. 시간을 허비하지 마세요. 방문해야 할 곳이 엄청 많아요."

***

카르멜로는 기분이 좋았다. 안전을 위해 수감자들의 인권을 옹호하는 재단의 누군가가 그를 지나치게 격리시키지 말라는 압력을 가했기 때문이다.

간수장은 마음이 내키지는 않았지만 카르멜로가 다른 수감자들과 같이 식사를 할 수 있게 허락해 주었다(이 수감자들의 대부분은 경제나 노조문제나, 세상을 움직이는 거대 기업들에 대항해서 허가를 받지 않고 부당하게 저항을 했다는 이유로 수감되어 있다. 그러한 기업들이 없다면 우리는 어떻게 되겠는가!). 다른 한편으로 자신의 사건을 담당할 판사가 시간이 짧게 걸리는 즉결심판을 하기 전에 일상적인 심문을 하기를 원한다는 것이다(즉결심판이 정확히 언제 열리는지는 은하계의 극비인 것 같다).

그래서 일상적인 심문이라는 것이 무엇인지 무척 궁금해하면서 기대를 품고 판사를 만났다.

"판사님, 재판을 하는 동안 버추얼 비전 카메라가 설치되나요?"

"즉결심판이오."

"네, 그 심판이요."

"그렇소. 음, 아니요."

판사는 인상을 찡그렸다. 예의상 미소를 지으려는 것 같았다.

"사실은 법정의 금고에 얼마를 지불하느냐에 달려 있지요."

"그렇게 되기를 바랍니다. 버추얼 비전에 나오기를 간절히 원합니다."

"하지만 당신은 매일 나오는데."

"그렇군요. 무슨 노래를 부를까요?"

"어떠한 노래도 안 되오."

"어떠한 노래도 안 되다니요?"

"당연히 안 되지요. 단지 당신이 저지른 살인사건만을 다룰 겁니다."

"어떤 것이요?"

"많이 있소."

"아!"

"어찌 되었건, 우리는 장관의 살인에 대해서만 판결을 할 거요."

"하지만 저는 그를 죽이지 않았어요. 정말이에요."

"됐소, 됐소."

판사는 숨을 내쉬고 좀 더 자신의 직위에 맞는 즉결심판 판사의 목소리로 코알라 같은 얼굴을 하고 엄숙하게 선언했다.

"카르멜로, 국가가 당신을 장관의 암살이라는 가장 가증스러운 범죄의 범인으로 지목하기로 결정했소. 그 사실을 알리는 게 내 의무요. 당신의 무죄를 증명하려면 9월 4일 법정에 출두해야 할 것이오."

"내일이요?"

판사는 계속해서 권위 있게 말을 이어 갔다.

"또한 당신이 무죄를 증명하지 못할 경우 당신이 받게 될 형량은 최고의 것이 될 거요. 비인간화가 될 거요. 지금부터 당신은 혐의자의 권리를 누리지 못하오. 질문 있소?"

"아니요. 네. 비인간화가 무엇인가요?" 판사는 해마 같은 표정을 지으면서, 검지로 목을 긋는 시늉을 하며 이로 찌리리 소리를 냈다.

"비인간화라는 것은 당신을 식물로 만드는 것이지요."

정식 기소의 즉결심판을 많이 지켜본 판사의 보좌관이 말했다.

"고맙네, 마리오나. 이제 그만 가도 되네. 나는 죄인과 단둘이 얘기를 나누고 싶네."

마리오나가 자리를 뜨는 동안 판사는 카르멜로에게 윙크를 했다.

"당신에게 노래를 부르는 버릇이 있다고 들었소. 우리끼리만 있어서 하는 얘긴데 우리 집에 금지된 곡 전집이 있소."

"하지만……."

"오! 걱정할 것 없소. 이 방에는 카메라도 없고 마이크도 없으니 마음 놓고 얘기해도 괜찮소. 수세기 전부터 무죄의 추정이라는 게 행해져 왔다는 건 알고 있소? 아시오? 용의자가 범인이라는 것을 증명해야 하오. 그게 행정부에 비용이 얼마나 많이 드는 일인지……."

"하지만 판사님, 이는 가장 정당한 절차라고 생각합니다."

"그렇지요. 하지만 가장 정당한 절차라는 걸 누가 몰라서 하는 소리요? 중요한 것은 뭐가 가장 경제적이냐는 거지요. 하여튼…… 내게 노래 한 곡 불러 주지 않겠소?"

카르멜로는 훌륭한 즉결심판 판사의 나른한 족제비 같은 표정을 곁눈질로 보고는 두 번 생각할 것도 없이 목청을 뽑았다.

"아베마리아, 언제 내 사람이 되겠소? 내가 당신을 하늘로 데려 가아아아아겠소……."

판사는 카르멜로의 노랫소리에 즐거워 박수를 쳤다. 그러다 이내 얼굴이 어두워지더니 그에게 가까이 오라고 속삭였다.

"자네에게 제안할 게 하나 있네."

카르멜로는 놀라 눈썹을 치켜떴다. 판사는 말을 이었다.

"자네가 감옥에서 나오고 나면 내가 한 가지 일을 부탁하려고 하는데 어떤가?"

"하지만…… 나를 비인간화한다고 하지 않았나요?"

"그렇지! 만일 자네가 위험인물이라면. 나는 자네가 내일이 되기 전에 탈출할 거라고 확신하네."

"제가요?"

"그렇다네. 만일 자네가 재판을 받고 싶으면 거기에 버추얼 비전을 설치해 두도록 하겠네. 그리고……." 여기서 판사는 과장되게 말을 멈추고 하늘을 향해 두 팔을 벌렸다. "자네의 무죄에 대한 합당한 증거를 대도록 도와주겠네. 그것으로 자네의 형을 종신형으로 줄여 줄 수도 있고."

"하지만……."

"종신형을 받고 난 뒤 자네는 분명 탈출을 할 거라고 확신하네. 한 가지 일만 하면."

"무엇을 해야 하는데요?"

"음…… 만일 자네가 '사회 불의·법과 다른 부정한 업무부' 장관을 없앨 수 있다면, 그것으로 충분하네."

"하지만 저는 살인자가 아니라고 이미 말씀드렸는데요."

"자, 이보게, 여기서는 우리 이야기를 엿듣는 사람이 아무도 없어. 그리고…… 좋아, 내가 고맙게 생각할 텐데, 자네도 알지? 나한테 여자가 하나 있는데 찰거머리 같고 매일 나에게 공감을 치는데 만일 자네가 할 수 있다면……."

카르멜로는 〈Harry the ugly〉의 클린트 이스트우드와 같은 표정으로 입을 뾰로통하게 모으고선 고개를 끄덕이며 작은 소리로 말했다.

"메모를 해 두지요."

판사는 캐러멜을 한 아름 안고 있는 어린아이처럼 미소를 지어 보이며 카르멜로의 등을 손바닥으로 툭 쳤다.

"그래! 전설의 범죄자. 멋지고 대단하고 훌륭한……." 판사는 목소리를 낮추고 윙크를 했다. "중요한 일인데(이 사람은 이미 값을 지불하고 있다), 그러니까…… 나의 부인 말인데…… 그렇게 되면 나는 자유를 되찾을 수 있지."

"문제없습니다."

"멋지네, 멋져. 좋아, 카르멜로. 이제 자네를 위한 감옥에서의 마지막 식사가 기다리네. 자네가 먹던 맛있는 음식은 아니지만 다른 수감자들과 함께 식사를 할 수 있네."

"좋습니다."

판사는 오른손을 들어 간단히 흔들어 보이면서 카르멜로에게 작별을 고했고 이미 잊혀진 노래인지 아니면 이런 기회를 위해서 자신이 만든 노래인지 모를 노래를 즐겁게 흥얼거렸다.

**

아부 아산은 경찰서에서 중앙병원으로 가는 동안 세 가지 중요한 이유로 쩍 벌어진 입을 다물지 못했다.

첫째, 아우로라가 말할 기회를 주지 않았다. 계속해서 여러 가지 화제로 말을 이어 나갔기 때문이다. 그가 입고 있는 외투˹가 마음에 든다면서 부서의 상징과도 같다고 했고, 어떻게 조사를 잘해 나갈지에 대해, 자신의 삼촌 조르드에 대해, 카르멜로가 무죄라는 자신의 확신에 대해, 버추얼 비전의 프로그램이 너무 형편없다는 것에 대해 이야기를 했다.

둘째, 그의 기분은 몸에 벼룩이 그득한 개와 같은 기분이었는데 이 여자의 회오리바람에서 어떻게 빠져나올지 궁리를 하고 있었다.

셋째, 이게 가장 중요한데 그들이 타고 가는 자동차의 내부를 황홀하게 바라보고 있었기 때문이다. 다른 사람들이 사용하는 TSURYM를 한 번도 탄 적이 없었던 아우로라는 아직 이름도 알 수 없는 새로운 차량을 이용하고 있었다(분명히 이 차종에는 '멀티미디어' '첨단의' 그리고 '최신'이라는 말이 붙을 것이다). 이 차는 전 세계적으로 세 대밖에 없었다. 그 차량은 모양에 있어서 은색의 메간느와 비슷했고 중량이 낮은 촉매중립화 이온의 프로펠러의 도움과 제한된 반중력 능력 때문에(150미터의 높이에 이를 수 있었다) 빠른 속도를 낼 수 있었다.

병원의 에어파킹에 부드럽게 정차를 한 뒤 아우로라와 아부아산은 전 대통령의 비서를 만나기 위해 접수처로 향했다.

"혼수상태입니다." 따뜻한 디기탈리스 차와 양파를 넣은 햄버거와 천재화가 클린턴[21세기 초의 만화화가로 여송연을 들고 있는 '옷을 벗은 마하부인'과 삭소(saxo)를 들고 '옷을 입고 있는 마하부인'의 그림으로 유명하다]의 그림들을 좋아하는 뚱뚱한 간호사가 친절하게 대답해 주었다.

간호사가 49번이나 혼수상태에 빠진 환자들의 치료센터에는 어느 누구도 방문을 하거나 조사를 할 수 없다고 고집을 피웠지만 아우로라가 두세 차례 전화를 걸어 호소하자 병원장이 간호사에게 이 작은 여자가 시키는 대로 하라고 지시를 내린 것이다.

"나를 따라오세요."라는 무뚝뚝한 말을 남긴 채 간호사는 중앙병원의 복잡한 복도를 지나가기 시작했다. 아우로라가 다른 곳에 신경을 쓰는 사이(그녀는 인공수정, 원하는 임신과 선별적 임신이라고 적힌 방을 넋을 잃고 바라보았다) 아산은 간호사에게 윙크를 보내며 도대체 환자에게 무슨 말을 할 수 있겠냐며 저 작고 고집 센 여자에 대해 참을성을 가져야 한다고 그녀의 귀에 속삭여 주었다.

그들은 마침내 비서가 있는 병실 앞에 이르렀다. 아우로라나 아산 모두 놀라 입을 다물지 못했다. 수많은 기계, 장비, 화면과 밸브가 벽을 가득 메웠고 쉬쉬 하는 이상한 소리가 그 모든 것과 조화를 이루며 분위기를 압도했다. 하지만 가장 놀라웠던 건 방의 중앙을 차지하고 있는 오렌지색과 끈끈한 액체로 된 거대하고 빛나는 거품이었다. 그 안에는 전 대통령 비서의 무기력한 육체가 둥둥 떠 있었다. 간호사가 그들의 질문을 넘겨짚고 설명해 주었다.

"여기가 중환자실입니다. 사람이 개입하지 않아도 환자의 생명징후들이 완벽하게 유지됩니다. 많은 영양소들이 그의 몸으로 천천히 흡수가 되며 정신요법 효과를 갖고 있는 이온화 액체의 치료 덕에 계속해서 근육을 마사지해 주고 있습니다. 여러분의 오른쪽 화면을 통해 생명징후들이 어떻게 완벽하게 유지되면서 상태가 나아지는지를 볼 수 있습니다. 사실, 두 달 안에 완전히 회복되기를 기대하고 있습니다."

아우로라는 그 화면을 뚫어지게 바라보았다.

"여기에 그의 생명징후들이 제로라고 나와 있는데요."

"제로요?"

"제로요."

"그럴 수 없어요. 시스템 자체가 생명징후가 제로로 떨어지지 못하도록 되어 있거든요. 게다가 경고음이 울릴 텐데…… 제로?"

"네."

"제로요."

"제로?"

간호사는 뛰쳐나갔다. 아우로라와 아부 아산은 서로 어리둥절해서 바라보았다.

"비서가……?"

"죽었어요."

"죽었다고요?" 아부 아산 형사가 화가 나서 대꾸했다. "죽다니요? 그럴 수 없어요. 비서가 최고의 치료를 받아야 한다고 확실히 말해 두었는데. 매우 중요한 증인이라서 말이지요. 죽었다니 무슨 뜻인가요?"

"죽었다고요. 죽었다고."

"하지만 강도가 낮은 죽음일 거요."

뚱뚱한 간호사가 상황을 확인하기 위해 데려온 의사는(간호사는 지금 딴전을 피우며 창문 앞에서 산양 치즈와 매운 케첩을 넣은 빅 사이즈 햄버거를 먹고 있다) 불쾌하게 코를 비틀었다.

"강도 높은 죽음입니다."

"하지만 의학이 많이 발달해서 그를 다시 살릴 수도 있을 텐데요. 잘은 모르겠지만……. 무슨 방법이 있겠지요."

"죽었습니다." 의사는 태연하게 입으로 껌을 씹으며 대꾸했다.

"하지만……." 아우로라가 더듬거렸다.

"어떻게 그럴 수가……."

의사는 하늘을 향해 껌으로 커다란 풍선을 만들었다. 풍선이 터지자 대답을 했다.

"그것이 문제입니다. 죽었다는 사실이 믿기지 않네요. 이런 일이 일어난 적은 한 번도 없었거든요. 기계는 완벽합니다. 도대체 어찌 된 일인지 모르겠군요."

"아마도," 간호사가 창가에서 정신없이 햄버거를 먹어치우며 창가에서 끼어들었다. "누군가가 기계의 생명 보호 장치를 꺼 놓았는지도 모르지요."

"그럴 수 없어요. 허락을 받지 않으면 이 방에 들어올 수조차 없어요. 어느 누구든지요."

그럼에도 불구하고 의사는 어떻게 된 일인지 보려고 화면 스위치와 여러 가지 조종 장치를 만지작거렸다. 그사이 아우로라와 아산 형사는 증거를 찾기 위해서 뭐라도 있을까 싶어 방을 둘러보았다. 자세히 둘러봐도 방에서 특별한 점을 발견하지는 못했다.

"누군가가 비서를 살해한 게 분명합니다."

"살해당했다고요?" 형사가 믿을 수 없다는 듯 대꾸했다.

"그것도 계획적으로 살해를 한 게 분명해요. 누군가 바로 오늘 아침 생명 보호 장치를 꺼 놓으려고 기계를 조작한 겁니다. 모든 것이 내부 레지스터에 다 들어 있습니다. 이 기계는 이미 말씀 드렸듯이 놀라운 기계지요."

"누구 짓입니까?"

"모릅니다. 그건 레지스터에 들어 있지 않아요. 그것은 당신들의 몫이 아닌가요? 그자를 찾는 것 말이오."

아부 아산은 깊은 한숨을 내쉬었다. 두 번째 살인사건. 문제가 더 복잡해졌다. 반면 이 사건에 대해 전혀 무관심해 보이던 아우로라가 뜬금없이 이런 질문을 했다.

"모든 것이 매우 깨끗하군요. 이곳에서는 위생에 대해 신경을 많이 쓰는 것 같아요. 정말 인상적입니다. 내가 언젠가 아프거나 죽을병에 걸리면 반드시 이곳으로 오고 싶을 거예요. 그런데 청소는 얼마나 자주 하나요?"

"매일 합니다." 공작처럼 우쭐거리고 발정 난 스컹크처럼 만족해하는 의사가 대답했다.

그때 아부 아산 형사의 버추얼 통신기에서 들리는 날카로운 소리가 대화를 중단시켰다.

"여보세요. 네⋯⋯." 침묵이 흐른다. "그렇게 갑자기 죽다니요? 그리고?" 형사는 가엾은 수달의 표정을 지어 보였다.

"갑자기 돌에 맞아서⋯⋯."

"둥근 거요?" 아우로라가 물었다.

"둥근 거?" 아부가 되풀이했다. "맞아, 아니⋯⋯ 아니⋯⋯ 그럴 수 없어. 아니⋯⋯ 맞아⋯⋯ 빌어먹을⋯⋯ 좋아."

형사는 아우로라를 뚫어지게 바라보았다.

"'종교 통제와 성 억제부' 장관이 살해당했소. 한 모텔 방에서 샤워 중에. 옷을 벗은 채 발견이 되었소."

"어떻게요?"

"돌팔매질에."

"돌팔매질이요?"

"둥근 돌에…… 둥근 돌로 쳐서 그를 죽였소."

"그…… 그렇지만 그건 불가능해요. 그 돌은 어젯밤 형사님 사무실에 있었는데……."

"누군가가 그걸 훔쳐 간 게 분명해요. 그리고 장관에게 공격을 한 거고요."

"둥근 돌의 수수께끼는 계속되네요." 간호사가 햄버거를 계속 먹으면서 내뱉었다.

"계속되고 계속되고……."

***

아마폴라는 검은 표범처럼 살그머니 움직였다. 그녀의 불그레한 곱슬머리는 바람에 부드럽게 흩날렸고 딱 맞는 검은 가죽옷을 입은 그녀의 몸은 만주지방 논밭의 골풀처럼 유연했다. 기분이 더할 나위 없이 좋았다. 자기가 혼자서 맡은 첫 번째 미션이었기 때문이다. 가엾은 라미로는 오른쪽 다리 위 외전근에 상처를 입어서 움직일 수가 없었다. 그래서 그녀 혼자서 구일리안에 대항하려고 했다. 계획을 여러 차례 되짚어 보면서 자기 애인과 집에서 연습도 많이 했다. 두 가지 가능성이 존재하는데, 만일 구일리안이 거짓말을 하지 않았다면 그녀에게 책들을 전해줄 것이며 그녀는 그에게 스위스 계좌번호를 가르쳐 줄 것이다(국고를 피하기 위해 정치가, 마피아나 거대 사업가들이 통제가 안 되는 검은 돈을 넣어 두기 위해 만든 계좌를 말한다).

만일 합의가 잘 되지 않으면, 매우 명확한 지시사항이 있다. 어떤 경우라도 일은 무조건 성공을 거두어야 한다. 마음을 진정시키려고 라미로가 그녀에게 준 최고 브랜드이자 최고 성능을 가진 미에르의 초경량 마비기를 어루만졌다. 그녀는 사악한 미소를 지으면서 구일리안이 책들을 자신에게 건네주지 않기를 바랐다.

마침내 구일리안의 방문 앞에 도착하자 수많은 생각들이 머리를 스쳐 갔다.

'구일리안은 교환을 하기 위해 가장 깨끗한 장소를 골랐을 것이다.' '날이 갈수록 나는 더 노련해져서 아무도 내가 도착한 것을 보지 못했지.' '가죽옷과 잘 어울리는 그 예쁜 핸드백이 아직도 세일을 하고 있을까? 마비기가 완벽하게 작동될까?' '바보 같은 카르멜로는 지금 무엇을 하고 있을까? 나는 이제 그 사람 생각을 거의 하지 않아.'

살그머니 방으로 들어갔다. 구일리안이 샤워를 하고 있는 목욕탕만 빼고는 온통 깜깜했다. 걱정스러운 표정이 그녀의 섬세한 얼굴에 드리워졌다. 구일리안이 그녀를 기다리는 것이 아니라면 그런 시간에 샤워를 한다는 게 이상했다. 심부름꾼이 올 거라고 생각했을까? 아니야. 라미로를 기다리고 있었겠지. 어찌 되었든 협상은 협상이다. 그녀는 마비기를 잡고 목욕탕으로 향했다.

구일리안은 샤워판 위에 실꾸리처럼 누워 있었다. 분명히 아무도 기다리고 있지 않았다. 더 이상 아무도 기다리지 않았다. 아마폴라는 눈썹을 찡그렸다. 경찰의가 아니더라도 누군가 그의 머리를 내리쳤다는 것을 한눈에 알 수 있었다.

그녀는 한숨을 쉬었다. 누구이든 간에 큰일을 했다. 구일리안의 몸 위로 흘러내리는 물을 잠그러 다가갔다가 생각을 고쳐먹었다. 아무것도 건드리지 않는 게 좋을 것 같았다. 지금 당장 할 일은 가능한 빨리 책들을 찾는 것이다. 분명히 곧 경찰이 나타나서 많은 질문을 던진 게 분명하다.

그것들을 찾을 거라는 기대는 할 수 없었지만 그래도 한참 동안을 찾아보았다.

방에는 침대, 탁자, 옷장, 그 위에 장식이 있는 서랍장만이 하나 있었다. 그녀가 찾은 유일한 것은 가방이었다. 비어 있는. 누군가 선수를 친 것이다. 한숨을 내쉬고 걱정을 하면서 방을 나갔다. 그녀의 여자 대장이 몹시 언짢아할 텐데. 특히 그녀가 미장원에 가느라 이곳에 늦게 도착한 걸 알면 말이다. 잠시 생각에 잠겼다. 그래. 미장원 얘기로 실수를 하지 않기 위해서다. 마비기를 만지작거렸다.

아마폴라가 문을 닫고 나가자 커다란 옷장 뒤에서 그림자가 하나 보였다. 그림자는 방 중앙을 향해 걸어갔다. 마지막으로 구일리안을 보려고 잠시 멈추었다가 다시 서랍장으로 향했다. 서랍장 위에 거대한 둥근 돌이 놓여 있었다. 그림자는 돌 앞에 멈추었고 날렵한 동작으로 그것을 열자 그 안에 책이 세 권 들어 있었다. 그림자는 잠시 폭소를 억제하지 못했고 둥근 돌을 다시 돌려 닫았다. 그리고 천 쪼가리로 불쌍한 장관이 흘린 핏자국을 닦고 검은색 배낭에 집어넣은 뒤 방을 나갔다.

*　*　*

아우로라는 아부 아산 형사와 함께 곧장 경찰서로 돌아가지 않기 위해 변명을 늘어놓았다. 아부 아산 형사는 그것이 변명이라는 것을 즉시 눈치 챘다. 아우로라는 미소를 지어 보이며 불필요한 아부를 하고는 사라져 버렸다.

아우로라는 둥근 돌이 두 번째 도난당한 것과 매력적이고 비단결 같은 장관(그를 리셉션에서 만난 적이 있다는 것을 기억했다. 매우 매력적이기는 하지만 그를 보는 순간 일종의 무언지 모르는 거부감을 느꼈다)이 살해당한 것에 관한 모든 정보를 먼저 확보하는 게 급선무라는 것을 잘 알고 있었다. 하지만 그보다 카르멜로를 치료했던 의사를 만나는 게 더 시급했다. 그녀의 내부의 무언가 신비스럽고 알 수 없는 목소리가 그 만남을 단 1분이라도 늦추어선 안 된다고 말을 걸어왔다. 그녀는 자신의 예감에 귀를 기울이는 사람이었다.

그녀가 의사를 만나는 데는 49분이 걸렸다. 이렇게 시간이 많이 걸린 것은 거대하고 미로 같은 중앙병원에서 어디로 가야 할지 방향을 제대로 잡지 못했기 때문이었다. 그녀가 만나는 사람마다 의사의 행방을 물어보면 하나같이 이런저런 변명을 대면서 모른다고 했다. 병원에 들어온 지 얼마 되지 않아서 그 의사를 모른다거나 그가 이틀 전에 다른 파트로 옮겼는데 어디인지 모르겠다거나 환자가 매우 위급해서 미안하지만 시간이 없다고 대답하기 일쑤였다.

우여곡절 끝에 드디어 그가 있는 곳을 찾은 그녀는 이제 노크를 하고 들어가 의사에게 질문만 하면 되었다. 잠시 자신이 법과 질서를 대표하는 경찰이라고 말하는 것이 옳을지 혹은 기자라고 둘러대야 좋을지 아니면 환자라고 말하는 게 좋을지를 생각해보았다. 어떻게 해야만 더 많은 정보를 캐낼 수 있을까? 깊은 한숨을 내쉰 뒤 옷매무새를 가다듬고 최대한 순진한 표정을 지어 보이며 노크를 했다.

문을 열어 준 사람은 간호사였다. 그녀는 봄에 대서양의 모자반류 바다처럼 오열을 하고 있어서 아우로라는 울고 있는 여자를 달래느라 정신이 없었다. 그녀는 마음이 내키지는 않지만 간호사를 위로했다. 자신도 모르게 간호사의 극심한 고통에 감정이입하고 있었던 것이다. 쾌락주의자들은 이러한 것을 가능한 한 피하려고 한다. 슬픔과 고통을 느끼는 것 말이다. 그런데도 아우로라는 카르멜로의 무죄를 밝히기 위해서라면 모든 것을 할 준비가 되어 있었다.

간호사는 차츰(누군가에게 이야기를 할 수 있을 정도로 기분이 안정되고 나자) 눈물을 흘리고 딸꾹질을 하고 울상을 지으며 최근 며칠 동안의 일을 이야기했다.

상황은 영웅을 회복시키기 위해 새로운 기술을 적용할 때부터 나빠지기 시작했다(간호사는 카르멜로에 대해 말을 할 때마다 흐느껴 울었다. 입에 사과를 물고 목이 잘린 채 새해 축하만찬을 위해 갖은 양념으로 숯불에 구워지고 있는 새끼 양 같은 눈을 했다). 의사는 그녀에게 특별한 얘기를 하지는 않았지만 날이 갈수록 말수가 적어지고 자주 사라졌다고 한다. 그리고 기기를 바닥에 떨어뜨리고 무슨 소리만 나도 깜짝깜짝 잘 놀랜다고 말해 주었다. 그들은 병원 전체를 이동하면서 하는 로사리오 기도를 시작했고 간호사가 불평을 해도 명확한 답을 듣지 못했다. 이러한 상황은 영웅이 실은 은하계의 최고의 악당이자 범죄자(비록 간호사는 그것을 믿을 수 없었지만)라는 사실이 알려지고 나서부터 더욱 악화되었다. 의사는 말이 없어졌고 며칠을 자신의 사무실에 틀어박혀 있었다. 오늘까지.

"오늘은 무슨 일이 있었나요?"

간호사는 막달레나처럼 다시 울기 시작했다.

"오늘은…… 힙, 잠시라도 밖으로 나가셔서…… 음료수나 무얼 좀 드시라고 말씀을 드렸지요. 힙, 힙. 근데 병원 밖으로 나갔을 때…… 화분이 그의 머리 위에 떨어져서……."

"화분이요?"

"네."

"사고요?"

"네…… 아니요…… 힙, 모르겠어요…… 힙. 하지만 제 잘못이에요. 제가 만일 그런 말씀을 드리지 않았다면……."

아우로라가 이 가엾은 여인을 꼭 껴안아 주자 그녀는 차츰 진정이 되었다. 카르멜로에게 지독한 행위를 한 것은 가엾은 악마의 운명 때문이었지 자기 잘못이 아니라는 것을 깨닫게 되었다.

"공평하지 않아요." 간호사는 불평을 했다. "멀리 떨어진 은하계에서 오랫동안 연구를 하고 돌아와서 놀라운 발명의 성과를 직접 확인하기 위해 많은 뇌물을 주고는…… 결국에는 화분이라니. 정말 공평하지 않아요."

"무슨 발명이요?"

"의사의 초고속 회복법은 말하자면…… 후유증."

"후유증? 카르멜로에게 무슨 일이 일어난 걸까요?"

"오! 나쁜 것은 아니에요. 절대로요. 이제 카르멜로는 슈퍼맨이에요."

"슈퍼맨?"

"네. 이제 아시겠지요? 그의 모든 신체 기관은 그 어떤 사고에도 부서지지 않아요. 근육조직이 49배 강화되면서 시력은 더 밝아지고 청력은 더 좋아지고 두뇌는 더 빠르게 활동할 수 있지요."

"하지만 보고서에는 그런 내용이 없던데요."

"제 말을 믿으세요."

"하지만 정신착란 증상이 있을 거예요. 분명히 고문을 당해서 기억을 잊어버렸지요."

"슈퍼맨에게 그런 증상이 있다니 어떻게 생각하세요?"

"치료 효과는 즉시 나타나지 않아요. 아마도 그의 두뇌가 강화되기 전에 고문을 당했을 거예요. 그가 회복되는 것은 시간 문제지요. 아마도 최초의 극한 상황에 도달하면 정상으로 돌아올 거예요. 뭐라고…… 힙, 그가…… 힙, 고문을 당했다고요? 힙…… 가엾어라."

계속해서 딸꾹질을 하고 울상을 지으며 훌쩍거리는 간호사를 뒤로 하고 아우로라는 방을 나갔다.

걱정이 많이 되었다. 간호사는 그가 받은 치료의 효과를 실제로 아무도 모른다고 했다. 세계의 대통령을 빼고는.

"세계의 대통령을 빼고는요. 그 매우 친절한 새 대통령이요. 그는 이삼 일 전부터 이에 대해 많은 관심을 가졌어요. 우리가 부자가 되고 유명해질 거라고 했어요. 하지만 불쌍한 의사는 전혀 기뻐하지 않았어요. 왜 그런지는 잘 모르겠어요. 불쌍한 의사선생님. 힙, 힙."

아우로라는 이맛살을 찌푸렸다. 만일 이 모든 것이 사실이라면 카르멜로는 위험에 처할 수 있다. 왜냐하면 모두가 알다시피 만일 대통령부터 건물의 수위까지 안다면. 그래서 카르멜로가 잠자리처럼 결백하다는 자신의 이론이 확실하다면, 그가 기억을 회복하기 전에 누군가가 그를 죽이려고 할 것이다. 되도록 빨리 행동을 취해야 한다. 미소를 지었다. 그녀에게 뛰어난 생각이 떠올랐다. 뛰어난.

* * *

에델미로 엠마뉴엘 마티아스 로드리게스 조르드는 세계 대통령의 타원형 사무실을 우리에 갇힌 햄스터처럼 왔다 갔다 했다. 거대한 르네상스식 탁자에서부터 문까지, 문에서 다시 탁자로 이렇게 반복적인 행동을 했다. 마침내 자신의 대통령 팔걸이의자에 털썩 주저앉았다. 하루 중 가장 기분이 가라앉는 시간이었고 일주일 중 가장 기분이 안 좋은 순간, 한 달 중 아니면 그 이상 중에서 가장 기분이 나쁜 순간이라고 할 수 있다. 그보다 더 저기압이었던 적은 없었던 것 같다.

그는 수년 전에 자신의 인생을 완전히 바꾸어 놓을 두 개, 아니 세 개의 결정을 내렸다.

첫 번째는 Prioreiana del Circulo, 즉 '그리다 만 원'이다. 이 것은 이탈리아의 유명한 경영자가 만든 이론이다. 그는 문제라 는 것은 원과 같고, 동그랗게 원을 닫지 않으면 원은 모양이 변 해 직선이 되거나 회전해 버릴 수 있다는 것이다. 그래서 유명한 구절을 자신의 모토로 삼았다. '소년들이여, 원을 닫읍시다.'

두 번째는 보좌관이나 기타 조언자들을 이용하는 것이다. 즉, 자기 대신에 생각을 하게 만드는 것이다. 그는 '생각한다 고로 존재한다'를 '나의 보좌관들이 나를 대신해서 생각한다. 고로 나는 존재한다'로 바꾸었다. 이 방법이 좋은 점은 상황에 따라 조언자들을 바꿀 수 있고 따라서 생각의 형태도 신속하게 바뀌 며 가장 좋은 것은 결과가 좋지 않을 경우 언제든 누군가를 '해 고'할 수 있다는 것이었다.

세 번째가 가장 중요한 것이다. 그는 대통령 자리에 올라 평 생 그 자리를 지키고 싶었다. 그 무엇도 그 누구도 자신의 숙원 을 방해하지 못하도록 결정했다. 그 목표를 달성하기 위해 가는 데까지 가 보기로 결심했다.

하지만 지금, 마침내 세계 대통령이 되었지만(비록 종신적이고 세습적인 성격은 아직 아니지만) 바보같이 원을 제대로 닫지 않았 고 어리석은 보좌관들을 믿은 탓에 모든 것을 잃어버릴 위험에 처했다.

'이제 내가 직접 나서야 할 때군.'

갈까마귀, 그 어리석은 루스테르코의 잘못으로 두 개의 원을 닫지 못했다. 하나는 카르멜로이고 다른 하나는 둥근 돌과 비밀스러운 책들이다. 만일 그 어설픈 의사가 장담한 대로 카르멜로가 기억을 되찾는다면 모든 것은 끝장이다. 이제 루스테르코가 구일리안을 살해했고 그 책들을 갖고 있다. 이에 대해서는 루스테르코는 여러 차례 부인했다. 하지만 그는 확신했다. 루스테르코는 그가 모텔에 도착했을 때 책들은 온데간데없이 이미 구일리안은 죽어 있었다고 했다. 경찰이 들이닥치는 바람에 간신히 도망칠 수 있었다는 것이다.

다른 방도가 없었다. 그가 직접 카르멜로와 루스테르코를 맡아야 했다. 절대적인 권력을 차지하기 위해서는 책을 소유하는 것이 가장 중요했고, 책들이 없다면 그는…… 조르드는 적절한 표현을 찾았다.

'모든 것을 잃어버리고 연금도 49퍼센트 줄어든다.'

탁자를 주먹으로 쳤다. 원을 닫아야 할 시간이었다.

***

아부 아산 형사는 골똘히 생각에 잠겼다. 사무실 탁자 앞에 앉아 절망적으로 고개를 흔들며 알 수 없는 말들을 중얼거렸다.

그는 행복한 사람이었다. 행성의 가장 안전하고 평화롭고 볕이 잘 드는 관할지에서 스트레스도 없는 행복한 직업을 갖고 있었다. 메타 스페이스에서 오는 악성바이러스에 전염되거나 트리플 폐렴 증상이 있는 성가신 감기에 걸릴까 봐 신경 쓰는 것 이외에는 별 다른 걱정거리가 없었다.

하지만 지금은 세상 모든 사람이 다 풀 수 있는 가장 간단한 퍼즐도 풀 수 없었다. 성자 게이츠를 위해서! 중사까지도 그 퍼즐을 반 시간 이내에 풀 수 있었다. 아우로라는 말할 것도 없다. 아우로라. 아우로라가 나타나기 전에 그는 훌륭한 경찰이었다. 이제 자신은 그저 환영에 불과했다. 그 작은 여자가 얼마나 자신감이 넘치는지! 만일…… 할 수만 있다면.

아부 아산 형사는 고개를 설레설레 저었다. 하지만 그럴 수 없었다. 그녀는 거대하고 권세 있는 배후를 갖고 있었다. 그녀를 건드릴 수는 없다. 그리고 그녀가 하는 말은 모두 옳았다. 사실 그는 카르멜로가 범인이 아니고 그들이 더 엄청난 이익과 대치하고 있다는 의심을 품기 시작했다. 하지만 그는 더 큰 이익을 바란 적이 없었고 행성의 조용하고 안정되고 햇볕이 잘 드는 관할지에서 큰 스트레스 없는 행복한 경찰로 사는 데 만족했다.

"형사님."

"말해."

"세계 대통령의 명령이십니다. 카르멜로에 대한 즉결심판이 오늘로 앞당겨졌습니다. 대통령 각하께서 사건이 명백하기에 우리도 형량을 준비해야 한다고 조언을 하십니다."

"형량을?"

"대통령 각하께서 최고형이 될 거라고 하십니다."

"최고?"

"네…… 아시다시피, 비인간화지요. 카르멜로 씨를 식물로 만드는……."

"나도 최고형이 무엇인지쯤은 알고 있네. 경망스럽기는…… 하지만 그런 형을 내리지 않은 지 몇 세기가 되었네."

"명령은 명령입니다."

형사는 손짓으로 중사에게 물러나라고 하고 인생이 짧고, 돌연변이 네오 바이러스와 '지옥 같은 천국'의 마사지(최근 들어서 이것이 어찌나 그리운지)에 대해서 골똘히 생각했다.

***

"좋아, 좋아. 이건 굉장해. 굉장해. 고마워요, 정말. 대단히 감사합니다. 진정으로 감사합니다. 감사합니다. 여러분들은 굉장합니다. 정말 감사합니다."

카르멜로는 하루 중 가장 기분이 좋았다. 일주일 중에, 한 달 중에 그리고 더 긴 시간 중에 기분이 최고였다. 지금까지 그보다 더 기분이 좋고 인생 최고의 영광의 순간은 없었다. 기분이 좋았다. 날아갈 것 같았다. 자신감이 넘쳤다. 행복했다.

그는 감옥 식당의 탁자 위로 올라갔다. 다른 수감자들을 포함해 간수들이 그의 발치에, 온 세상이 그의 발치에 있었다. 바로 이 순간에 죽을 수도 있다고 느꼈고 인생의 꿈을 이루었다고 느꼈다(물론 자신이 기억하는 순간부터). 격려를 해 주는 관객 앞에서 아카펠라로 노래를 불렀다. 불멸의 엘비스 프레슬리의 〈감옥의 록〉을.

아직도 어떻게 된 일인지 알 수가 없었다. 4분 또는 9분 전 거대한 식당에 들어올 때만 해도 기분이 좋지 않았다. 인간으로서 그의 마지막 식사가 될 수도 있었다. 도망칠 궁리를 하지 않고 악어가 눈을 깜빡하는 사이(다른 동물들보다 천천히 감았다 뜬다) 사법부 법정의 담당자들은 다음 날 아침, 그를 비인간화할 수 있었다. 그에게 적용하는 즉결심판은 자신의 무죄를 증명하지 못하는 즉시 내려진다.

그럼에도 불구하고 식사를 기다리기 위해 기다리는 수감자들의 줄에서 자신의 인품에 대한 존경심이 점점 더 커지는 것을 보았다(그러한 인품은 사실 그에게 익숙하지 않은 것이다. 살인자로 지내는 이러한 시기와, 매우 짧았지만 영웅으로 지내던 시기에도, 실제로 기억이 나지 않는 평범하고 서글프던 모습의 지난 시절에도 익숙하지 않았다. 사실 그의 뒤에 있던 수감자는 숯처럼 새까만 족제비 얼굴을 한 쾌활한 노인인데 쉰 목소리로 그의 여자 친척을 없애는 일을 맡아 주면 대단히 감사하게 여길 것이고 그에게 많은 크레딧을 줄 텐데,라고 했다. 헛소리가 아니라 그가 15년 동안 세계대출은행의 총재였다고 그의 귀에 대고 속삭였다. 이러한 제안에 카르멜로는 그의 말을 고려해 보겠다고 친절하게 대답하긴 했지만 확신할 순 없다고 덧붙였다. 그의 일정이 점점 더 바빠지기 때문이다. 그리고 그는 살인 분야의 파업이 없어져야 한다고 생각했다. 그가 실제로 좋아하는 것은 목청껏 노래를 부르는 것이라는 사실이 서글프다고 했다).

비슷한 일이 요리사에게도 일어났다. 요리사는 그에게 인사를 하려고 손에 커다란 하얀 모자를 들고 나타나서 그가 어떤 음식을 좋아하는지 궁금해했다. 기회를 틈타서 감옥에서 탈출하게 된다면 도시의 중심지에 있는 자신의 식당(저속한 피자가게) 바로 앞에 인도-파키스탄 식당을 차린 자기 삼촌 리고베르토에게 신경을 많이 써 달라고 부탁했다. 그 식당은 날이 갈수록 적자를 기록하고 있었다.

하지만 이러한 식사시간의 분위기를 결정적으로 바꾼 일이 하나 있었다. 금식 중인 기린처럼 키가 크고 짐을 나르던 12세기 소 같은 등을 갖고 있고 공장에서 방금 나온 당구공처럼 대머리인 사람이 그에게 다가와서 퇴직한 수달(아부 아산 형사 스타일) 같은 얼굴을 하고 수감자들과 가까이 있던 간수들이 즐거워하고 환호성을 지를 정도로, 거칠고 쩌렁쩌렁한 목소리로 카르멜로의 얼굴이 마음에 들지 않으니 자신의 감방이나 화장실에서 밥을 먹는 게 숫제 더 나을 것 같다고 했다. 두 곳의 냄새는 모두 비슷하지만 말이다.

그의 말에 카르멜로는 그답지 않게 태연하게 당신의 아버지에게 관심이 많다고 대답하면서 당신의 아버지는 분명히 도시의 한 골목에서 다리를 들고 소변을 보았을 것이라고 했다.

대머리는 화가 나서 먹지도 않고 마시지도 않고(더 자세히 말할 수가 없다) 엄청난 크기의 미에르 롤러차 같은 주먹을 불끈 쥐고 위협적으로 카르멜로의 왼쪽 뺨을 향해 다가갔다. 카르멜로는 뺨을 맞는 것과 동시에 자신의 식판 옆을 지나 가장 가까이에 있는 벽으로 날아갔다.

평소 같았더라면 이 사건의 결과에 딱 어울리는 비문은 이러할 것이다. '카르멜로, 취미로 주먹질을 하는 사람의 주먹에 맞아 용감하게 죽다.' 하지만 그와는 반대로 카르멜로가 부딪힌 벽은 금이 갔고 그는 아무런 고통 없이 바닥에서 벌떡 일어났다. 더 놀라운 것은 치아가 하나도 부러지지 않았고 그는 심지어 하이에나처럼 도전적인 미소까지 지어 보였다는 것이다.

하지만 거기서 끝난 게 아니었다. 미에르의 롤러차 같은 주먹을 날렸다가 모욕을 당한 사람은 화가 치밀어 올라 신속하게 카르멜로를 끝내 버리려고 빠른 스텝을 밟고 투우용 미우라 소처럼 그를 공격하려고 돌진했다. 여기서 운명의 여신 혹은 마왕이 카르멜로에게 행운의 윙크를 날리고 싶었는지 때마침 요리사가 카르멜로에게 추천해 준 호박죽이 바닥에 흥건하게 쏟아져 있었다. 자신의 목표물을 몇 센티미터 남겨 놓고 거구의 남자는 요란스럽게 넘어졌다. 운이 나쁘게 넘어지면서 그는 거의 모든 척추뼈가 부러졌다. 호박죽은 카르멜로 외에 아무도 눈치를 채지 못했다. 카르멜로는 선의의 뜻으로 상대가 입은 피해를 확인하려고 몸을 숙였다. 그리고 그런 충격에 의해 그가 목숨을 잃었기 때문에 이제 더 이상 할 게 없다는 것을 확인하는 수밖에 없었다.

사람들은 카르멜로가 무서운 살인자라서 기회를 틈타 당구공 머리를 가진 가엾은 악마의 목을 비틀면서 적절하게 복수를 하기 위해 이용했다고 생각했다.

실제로는 수감자들 중 어느 누구도 당구공 머리의 팬도 아니고 그를 존경하지도 않아서 그들은 모두 카르멜로에게 박수를 치기 시작했고 환성을 질렀다. 반면 간수들은 걱정이 되어서 카르멜로를 아예 없애 버리기 위해 레이저 무기의 위력을 더 증가시켰다. 그리고 지나치게 개입을 하지 않기로 결정하는 동시에, 곧 벌어질(간수들은 수감자들보다 카르멜로의 취미를 더 잘 알고 있었다) 구경거리를 최대한 즐기기로 했다.

카르멜로는 탁자 위로 올라가서 자신에게 찬사를 보내며 격려를 하는 관중에게 감사를 표하는 수밖에 없었다. 한술 더 떠서 수탉이 우는 것보다 산양이 양배추를 먹어치우는 것보다 더 빨리 발의 엄지발가락부터 코끝까지 간지럽더니 머리카락이 곱슬곱슬하게 되고 에너지가 넘치기 시작했다. 카르멜로는 자신도 모르게 춤을 추기 시작했고 목청껏 〈감옥의 록〉을 불렀다. 수감자들과 간수들은 내일이면 저 위험한 작자가 떠난다는 생각에 만족하고 행복해서 춤을 추었다.

그렇다. 카르멜로는 행복했다.

***

아우라가 마지막으로 받은 두 통의 전화는 그녀를 돌처럼 굳어 버리게 했다.

첫 번째 통화는 아부 아산 형사가 사건을 다시 조사하기 위해 그녀를 도와주라고 한 49명의 경관 중 한 명이 카르멜로의 생명을 구해 준 여자가 흔적도 없이 사라졌지만 알파 은하계로 갔다는 확실한 단서는 남겨 두었다고 보고를 했다. 이 보고는 놀라운 일이 아니었다. 그녀가 2분 전에 버추얼 비전에서 몇 달 전 별의 관제사들의 파업으로 알파 은하계로 이민을 갈 수 없던 것이 다시 정상화되었다는 뉴스를 들었기 때문이다.

두 번째 전화는 더 염려스러운 것인데, 아부 아산 형사의 전화였다. 지대한 관심을 갖고 있는 폐 병리학 바이러스에 대한 질문 외에도 카르멜로에 대한 재판이 즉시 시작될 것이고 모든 것이 세계 대통령의 확고한 명령에 의한 것이라고 했다.

아우로라는 비관적으로 고개를 한쪽으로 기울였다. 사건이 더 복잡해지고 죽은 자들과 실종된 자들이 비 오는 날에 자라나는 버섯처럼 사방에서 떠올랐다. 한숨을 쉬었다. 눈을 감을 때마다 카르멜로의 나른하고 평화로운 눈이 보였다. 선량한 사람의 눈매였다. 다시 울적하게 한숨을 쉬었다. 다행인 것은 아부아산을 설득해서 자신이 카르멜로를 법정까지 이송하도록 한 것이다. 작전을 펼 수 있는 여지가 있었기 때문이다. 사실, 치밀한 계획을 가지고 있다고 할 수 있다. 단지 그 일을 맡을 사람이 부족했다.

***

키르시 발타리는 키가 크고 날씬하고 손톱이 매우 길고 백조 같은 목을 갖고 있었다. 그녀의 피부는 도자기처럼 매끄러웠고 눈빛은 바다처럼 짙은 푸른색이며 이마는 넓고 훤했다. 마치 인형 같았는데 코가 높고 거의 완벽해서 클레오파트라의 신화를 무력하게 했다. 짧고 붉은 갈색의 머리는 하늘색 헤어밴드로 묶어서 단정하게 해 주었다. 그녀의 수수하지만 우아한 옷과 잘 어울렸다. 한마디로 키르시는 아름다운 여성이었다.

그녀는 자신만이 알고 있는(유명한 약초와 약방 가문의 후손이

다) 약제를 만들기 위해 애기똥풀, 가지속 식물, 사향나무와 베야도나를 찾으러 들판을 누비고 다녔다. 하지만 워낙 글래머러스해서 이것 때문에 버추얼 비전에서 유명해졌다. 그녀는 유행의 여신이 되었다. 행성의 절반에 가까운 사람들은 그녀에 대한 꿈을 꾸고 나머지 절반은 그녀에게 질투심을 느꼈다.

화장품 세트가 부착된 미용에 좋은 멀티미디어 인터통신기(갑자기 외출을 하거나 카메라나 기자나 연인을 만났을 때 매우 실용적이다)가 들판의 고요를 깨트렸다.

"여보세요? 아! 아우로라, 너구나. 전화 줘서 반가워!"

"키르시, 통신기를 갖고 있어서 다행이야. 네 도움이 필요해."

"아우로라, 너는 항상 급하게 그러더라. 무슨 일인데?"

"너만이 내 계획을 도와줄 수 있어."

"말해 봐."

"카르멜로 프리사스를 구하는 일이야."

"누구를?"

"너는 버추얼 비전도 안 보니?"

"얘는. 나는 버추얼 비전을 보는 게 아니라, 내가 거기에 직접 출연하잖니."

"그래도 나를 도와줄 거지?"

키르시는 깨끗하고 낭랑한 목소리로 들판을 즐거움으로 가득 채우면서 크게 웃었다. 손에 들고 있던 사향나무와 그녀의 소울메이트의 걱정스러운 모습과 목소리를 전해 주는 전자마그네틱 파장과 그녀의 작은 멀티미디어 통신기까지도 즐거움으로 가득 채웠다.

"물론 도와줄 거야. 너를 위해서라면 무엇이든지."

조르드

안개가 모든 것을 감쌌다. 칼로 자를 수 있을 정도로 짙고, 잿빛에 가까운 자욱한 안개다. 다른 사람들은 답답하다고 느끼겠지만 조르드는 안개를 좋아했다. 안개는 현실을 흐릿하게 만들어버린다. 그의 앞에 어떠한 것이 있는가? 건물? 도로? 광장? 어떤 사물이든지 새로운 형태로 만들면서 자신이 원하는 대로 해석을 할 수 있다.

세계 대통령은 깊은 한숨을 내쉬었다 정확하게 오늘이어야 했다. 자신의 인생에서 절대적으로 중요한 날에, 빌어먹을 안개. 안개 긴 날에는 무슨 일이든 일어날 수 있다고 알려져 있다.

조르드는 운전기사에게 간단하게 인사를 하고 차에 올라탔다. 이 차는 카르멜로가 무척이나 증오하는 메간느처럼 보이지만 실제로 상원과 의회가 세계 대통령들이 사용할 수 있게 만든 것으로 어떤 충격에도 파괴되지 않게 튼튼했다. 자동차는 시속 249킬로미터로 안개를 뚫고 달렸다.

　조르드는 한숨을 깊게 내쉬고 이마를 창에 기대어 안개를 바라보았다. 마치 모든 문제에서 멀리 벗어난 목화밭에 있는 것처럼 편안했다. 하지만 공상은 오래가지 않았고 다시 자신의 문제에 집중했다. 오늘 카르멜로를 재판하고 형을 내리고 집행을 한다. 집행은 자신이 직접 담당할 것이다. 그러면 오늘 식물이 되어 버린 카르멜로와 아나 사이의 작은 연애사건이 언론에 알려질 것이다. 그것은 일석이조의 효과가 있다. 하지만 그게 끝이 아니다. 아직도 세 번째 새가 있다. 바로 남미산 갈까마귀 루스테르코. 그는 루스테르코가 자신에게 더 이상 도움이 되지 않을 뿐만 아니라 더 나아가 위험한 존재이자 닫히지 않은 원이라 생각했다.

　조르드는 얼굴을 찡그렸다. 문제는 비밀의 책을 손에 넣기 전에는 루스테르코를 제거할 수 없다는 사실이었다. 이제 구일리안이 죽어 버리는 바람에 아직은 그가 유일한 희망이었다. 이번에 갈까마귀가 그를 실망시키지 않고 바로 그날, 구일리안의 살인자와 약속했다고 한 장소에서 그의 임무를 완수하는지 두고 볼 것이다(비록 범인이 루스테르코라는 것을 확신하고 있지만).

조르드는 생각에 잠겨서 이마를 창에 기댔다. 안개 속에 한 모습이 보였다. 루스테르코가 하늘에서 쇠뇌를 쏘면서 나오는 것과 자기 자신이 갈까마귀, 아니 새끼 비둘기를 총으로 쏘는 연습을 하는 것을 보았다.

운전기사는 조르드의 폭소를 들었을 때 몸부림을 치지 않을 수 없었다. 불길하고 음흉했다.

아부 아산 형사

아부 아산은 이제는 침대에서 일어날 시간이라고 생각했다. 하지만 곧 아우로라와의 마지막 전화 통화를 기억했다. 이상하지만 차츰 그녀가 옳고, 일어나는 일 배후에 무언가 중대한 일이 숨어 있다는 확신이 들었다.

누군가가 모든 것을 움직이고 카르멜로는 책략의 선두에 있을 가능성이 있다. 무고한 피해자인 셈이다. 아부 아산은 자기 자신에게 감탄했다. 원래 생각이 유동적이긴 하지만 이렇게까지 바꿀 수 있다니.

버추얼 비전의 광고 덕에 섬의 맛이 감도는 그리스 베지테리안 미니멀리스트 식단의 장점을 알게 되었을 때를 아직도 기억한다. '그리스 베지테리안 식단에 반하다' '당신의 인생에 섬의 맛을 가미하시오' '미니멀리스트 식단은 우리가 행복해지기 위해서 필요로 하는 모든 것이다' 자신이 즐겨 먹던 감자 수프를 곁들인 햄버거를 더 이상 먹지 않게 되었지만 거의 파산할 지경에 도달했다(그는 베지테리언이 아니었다). 왜냐하면 식사량에 있어서는 미니멀이지만 가격에 있어서는 맥시멈이었다.

아부 아산은 카르멜로에 대한 자신의 생각이 급격하게 바뀐 것이 놀라웠다. 사실 별다른 동기는 없었다. 예감, 아우로라의 빈틈없음과 그의 무죄를 보여 줄 수 있는 반론의 여지가 없는 모든 증거들(카르멜로가 감옥에 있는 동안 최근에 일어난 몇 건의 살인사건들 외에)이 전부다.

형사는 침대 속에서 몸을 뒤척였고(밖에는 안개가 자욱한데 솜이불 속은 따뜻했다) 버추얼 비전을 켰다. 그 순간 바비 밀로스의 매우 진지한 조사를 보고 놀랐다. 그는 최근 살인사건들도 카르멜로가 저질렀다고 확신했으며, 그런 사악한 면은 수백 년 전의 잭 더 리퍼(1888년 영국에서 2개월 동안 다섯 명 이상의 매춘부를 엽기적으로 살해한 살인범-옮긴이)의 사악함에 견줄 만한데, 감옥에서 탈출을 해서 살인을 하고 완벽한 알리바이를 갖추기 위해 감옥에 다시 들어갔다는 것이다.

아부 아산은 버추얼 비전을 끄고 눈을 감았다. 오늘은 출근을 하지 않고 아우로라가 모든 일을 담당하게 할 것이다. 카르멜로를 법정에 데리고 가서 형을 선고받고 필요한 모든 것을 맡도록 할 것이다.

잠시 정말 잠이 들었던 것 같았으나 다시 눈을 뜨고 모자걸이에 되는 대로 걸려 있는, 자신이 일하는 부서의 상징인 닳아빠진 외투를 바라보았다. 아우로라는 카르멜로가 법정으로 가지 못하도록 조치를 취할 것이라는 사실을 알고 있었다. 이것은 과학적으로 증명을 할 수 없는 직감이지만 그는 직감 덕분에 은하계에서 최고의 형사가 될 수 있었다.

그는 한숨을 쉬고 침대에서 일어났다.

루스테르코

루스테르코는 몹시 걱정이 되었다. 둥근 돌과 책들을 찾아내지 못하면 위기에 처할 것을 알았기 때문이다. 조르드가 자신을 구일리안의 살인자로 여긴다는 것을 알고 있었다. 다행스럽게도 그가 모르는 것은 바로 그 순간에 조르드가 세우고 있는, 그를 위한 계획이다.

고개를 여러 차례 끄덕였고 눈은 평소 때보다 더 튀어나왔다. 빨리 행동을 해야만 했다. 전날 받은 전화를 더듬어 보았다.

"루스테르코 씬가요?"

"그런데요."

"돌을 찾고 싶으신가요?"

"네."

목소리에서는 쇳소리가 났다.

"내일. 게이츠 황제를 기념하는 동상 옆에서요."

"무슨 동상이요?"

"오른손에 거대한 W를 가지고 말을 타고 있는 동상이요."

"거기가 어디지요?"

목소리는 초조해하기 시작했다.

"재판장 가기 전에 두 도로가 있는 비탈길 끝이요."

"아!"

"루스테르코, 약속을 어기지 마세요. 만일 그러면 구일리안과 같은 운명을 맞게 될 겁니다. 내일 10시 49분."

"하지만 카르멜로의 재판이 11시 49분이고 내가 참석을 해야 합니다."

"시간은 충분해요. 당신이 4천9백만 크레딧을 가져오면 모든 일이 다 잘될 겁니다."

그게 다였다. 당연히 그는 돈이 없었다(그는 그 정도의 돈은 세상을 여기 저기 돌아다니는 것보다 자신의 은행에 있는 것이 더 낫다고 생각했다). 그에게는 그렇게 불쾌하게 돈을 지불하는 것 말고 다른 계획이 있었다. 미소를 머금었다.

카르멜로

카르멜로는 목욕탕에서 한 시간 넘게 거울을 바라보고 있었다. 다른 때 같았으면 간수들이 그를 몽둥이로 때리고 형벌의 방에 가두었을 것이다. 하지만 오늘은 분명히 그에게 형을 선고하고 집행을 할 재판날이라 관용을 베풀어 주고 있다. 또한 간수들 절반가량이 그에게 고해를 하거나 윤리적이지 못한 요구를 한 경험들이 있어서 카르멜로가 혹시 탈출을 할지도 모른다는 가정을 했고 그다지 신빙성은 없지만 가능성은 있는 일이었기에 그에게 관용을 베풀어 주었다. 나머지 절반은 카르멜로가 자유를 얻으면(이곳의 시스템과 경찰은 믿을 만하지 않다) 그들에게 보복을 해 올지도 모른다는 가능성 때문에 떨고 있는 정도는 아니더라도 공공연하게 두려워하고는 있었다.

어찌 되었든 카르멜로는 거울 앞에서 멋을 내고 몇 시간 후면 자신이 처하게 될 멀티미디어 쇼를 위해서 천여 개의 포즈를 취하고 얼굴을 찡그려 보기도 하면서 목이 터져라 노래를 불렀다. 그렇다. 판결을 받고 사형을 당하겠지만 그에게 그것은 별로 중요하지 않았다. 분명히 자신이 유명해서 그 값을 치른다고 생각했다. 유명하면 유명세를 반드시 치러야 하기 때문이었다. 중요한 것은 관객이다. 카르멜로는 오늘은 무슨 노래를 부를까 자문을 했다. 좋은 레퍼토리들이 있는데 문제는 어떤 노래를 빼놓고 부르지 말 것인지를 결정하는 일이었다.

거울에서 자신의 모습을 찬찬히 보고 한 바퀴 휙 돌아보고는 함박미소를 지었다. 눈이 부실 정도로 멋진 최상의 모습이었다. 앞으로 있을 일을 위해 준비가 다 되었다고 판단한 그가 간수들을 불렀다. 간수들이 오는 틈을 타 곁눈질로 거울에 비친 자신의 모습을 바라보았다.

그리고 그 모습을 보았다. 정확히 말하자면 아무것도 기억을 하지 못하는 자신의 모습을 본 것이다. 순간 겁에 질린 사람처럼 입을 벌리며 간수들을 멈춰 세웠다.

거울은 거짓말을 하지 않지만 진실을 말하는 적은 없다. 카르멜로는 거울을 보면서 마치 버추얼 비전의 영화를 보고 있는 듯했다. 거울에 비친 자신의 모습−곱슬머리, 허리까지 단추를 풀어 놓은, 접은 깃이 달린 꽃무늬셔츠를 입고 함박미소를 짓고 있는 모습−을 보고 있는 게 아니라, 운명의 장난으로 자신과 지나치게 닮은 한 부서의 따분해 보이는 관료를 보고 있다는 생각이 들었다. 자기 자신의 모습을 패러디한 것 같았다. 카르멜로는 깊은 한숨을 내쉬며 감옥에서 정신과 의사가 가르쳐 준 대로(카르멜로에게 자신의 전 부인과 여러 환자들을 없애 달라고 정식으로 요구하기 바로 전에) 눈을 감았다가 다시 거울을 들여다보았다. 이제는 다시 자기 자신 그러니까 카르멜로, 쇼맨이자 가수이고 은하계에서 가장 악명 높은 범죄자의 모습이 눈에 들어왔다.

다시 간수들을 불렀고 이때를 위해서 작곡한(자신에게 작곡가다운 면이 있다는 것을 최근에 발견했다) 노래를 흥얼거리면서 화장실을 나왔다. 그 사이 쇼, 그러니까 재판에서 성공을 거두지 못할 경우, 언제든 건전지를 다시 충전해서 전문적인 암살자가 될 수도 있다는 생각을 해 보았다. 이 직업은 실업이란 게 있을 수가 없다. 그에게 처리해 달라고 부탁받은 일이 엄청나기 때문이고, 그 일을 하려면 몇 달 아니 몇 년이 걸릴 것이다.

라미로

라미로는 다른 때 같았으면 매우 염려가 되었을 것이다.

그렇다. 상황을 찬찬히 제대로 관찰을 하였더라면 자신의 상사가 성실함을 잃어버렸다는 것을 알아차렸을 것이고 자신의 상사인 아나가 가느다란 비단실에 매달려 있는 신세가 되었고 그녀의 미래가 초생달이 떠오를 때 네그라 산맥의 거무스름한 산의 석탄광산의 검은 갈까마귀의 깃털보다도 더 암담하다는 것도 알아차렸을 것이고, 바닐라 코코아 맛이 나는 반들반들한 사탕발림 같은 그녀의 말에 적대감이 있다는 것도 눈치 챘을 것이고, 아마도 알랑거리면서 그에게 보내던 화가 난 눈길도 곧 감지했을 것이다.

그렇다. 라미로는 그런 것들을 눈치 챘더라면 걱정을 많이 했을 것이다. 하지만 라미로는 제정신이 아니었다. 은빛 머리카락에 가무잡잡한 피부를 하고 자신의 옆에 누워 있는 푸르스름한 보랏빛 눈의 아름다운 여성에게 홀딱 반해 있었다. 그리고 그녀 외에 다른 생각은 할 수가 없었고 사랑 외에 다른 감정은 느낄 수 없었고 그녀의 입과 호흡과 말 외에는 다른 것은 먹을 수가 없었다.

다시 말해서 라미로는 마음이 붕 떠 있었고 눈이 멀어 자신의 주변에서 일어나는 일에 대해 전혀 눈치를 채지 못했다. 그에게는 아마폴라가 온 우주였기 때문이다.

"이해할 수가 없어." 아마폴라가 뜬금없이 말했다.

"무엇을?"

"당신은 이해할 수 없는 사람이야."

"이해를 못하겠다고?"

"대성조 같다고나 할까?"

"대성조라고?"

아마폴라는 투우용 황소처럼 씩씩거리고 손가락 마디를 눌러서 소리가 나게 하고 벌떡 일어나면서 바닥을 구두 뒤축으로 세게 쳤다.

"내가 하는 말 좀 따라 하지 않으면 안 돼?"

"그렇기는 하지만, 이해가 잘 안 돼서……."

"뭐가? 뭐가 이해가 안 된다는 건데? 네가 난해한 사람이고 아무도 너에게서 지혜라는 걸 발견할 수가 없다는 것을 이해하지 못하고 대성조가 무엇인지 모른다는 거야?"

라미로는 갓 잡아 올린 대구처럼 입을 크게 벌리고 바라보았다.

"자, 어디 네가 자기 자신을 알아보는지 보지. 대성조는 못생

기지는 않았어도 검붉은 깃털과 우뚝 솟아오른 깃털 장식 때문에 원숭이 같다고 할 수 있고 가장 촌스럽고 따분한 노래를 부르고 냄새까지 나."

"하지만,"

"하지만, 하지만, 하지만…… 다른 말은 할 줄 몰라? 하지만, 하지만, 하지만……."

아마폴라는 참새처럼 조심스럽게 라미로로부터 몇 발자국 물러나 그의 등 뒤에서(이후에 일어날 일에 대해 배신자 같은 성격을 보여 주는 사건) 라미로가 며칠 전에 선물해 준 미에르 마비기를 겨누었다.

라미로는 당황스러웠고 정신을 가다듬으려고 했으나 여의치가 않았다. 독자 여러분들도 이해를 하겠지만, 당신이 '우주'라고 생각하는 사람이 당신을 대성조라고 하고, 증오, 원한과 경멸에 찬 눈초리를 보내면서 우쭐대면서 당신으로부터 멀어진다면, 이런 이유들만으로도 당황스럽고 어찌할 바를 모를 것이다.

분명히 그가 좀 더 주의를 기울였다면 최근에 버추얼 멀티미디어 통신기로 걸려오는 전화를 외전근에 부상을 입은 그가 회복이 되어야 한다는 구실로 아마폴라가 모두 받았던 사실을 눈치 챘을 것이다. 또한(아마폴라가 그에게 편하게 잠을 잘 수 있도록 애교를 부리면서 먹으라고 한 소량의 수면제가 아니었다면) 그녀가 낮이나 밤이나 살짝 빠져나가서 자기 애인의 자리를 대신해서 초 비밀스런 미션들을 잘 수행했다는 것을 알았을 것이다. 아마폴라는 그런 일을 하면서 자신이 구더기 같다는 느낌이 들었고 자신이 하는 일이 선과 악의 경계선 상에 있는 일이라는 느낌을 받았다. 사람들을 두들겨 패고 갈취하고 스파이 노릇을 하고 대통령, 즉 전 대통령에게 마사지를 해 주고 내친 김에 북쪽의 구석진 지역 출신인 것 외에도 건달인(모든 것을 다 말해야 한다) 그녀의 비서에게까지 마사지를 해 주는 것이 꽤 재미가 있었다.

그렇다. 사람 좋은 라미로는 오래전부터 자신이 아마폴라의 우주가 아니라 거추장스러운 존재이며 그녀의 과거의 한 흔적이라는 것을 눈치 챘어야만 했다.

"하지, 하지, 하지만……" 더듬거렸다.

"우흐!" 아마폴라가 신경질을 내면서 헉헉거렸다. "더 이상 참아 줄 수 없어!"

코브라처럼 빠르게 마비기로 그의 이마를 내리쳤는데 그 기계를 그렇게 사용하는 것이 올바르지는 않지만 효과는 충분했고 에너지도 절약이 되었다.

라미로는 바닥에 쓰러졌다. 방금 잘린 천 년 된 삼나무가 열매와 수지가 흩뿌려지면서 쓰러지듯 아직도 입 안에서는 "하, 하, 하지만"을 되풀이했다.

아마폴라는 아름답고 우아한 미소를 머금으면서 창문을 열고 라미로의 육중한 몸을 들춰 메고 소원을 비는 연못에 동전을 던지듯 가뿐하게 그를 허공으로 던졌다. 잠시 아래를 내려다보았지만 새벽안개가 자욱해서 바로 아래층밖에 보이지 않았다. 불쾌한 감정이 그녀의 천진한 얼굴에 번졌다.

"오! 얼마나 비극적인 사건인가! 빨리 경찰과 앰뷸런스를 불러야지……."

깊은 한숨을 내쉬고 소파에 몸을 파묻었다.

"하지만, 아직 따뜻한 차 한 잔을 마시고 나의 사랑하는 카르멜로의 재판에 참석하기 위해 옷을 입어 볼 시간은 있지. 그와 애인으로 지낼 때는 따분했는데 지금은……."

체노아

나이 많은 체노아는(내가 앞에서 그녀에 대해 언급했던 것처럼 이 기이한 이름은 사람들의 이름을 텔레버추얼에서 따오던 시절에 지어 준 이름인데, 이것은 바보상자라고 알려져 있고 텔레라고 더 잘 알려져 있다) 다이어트용 치즈를 넣은 오래 묵은 빵과와 유지를 걷어내고 32049비타민, 미네랄, 철분, 망간과 멀티미디어적 공정을 통해서 식욕을 돋우는 락토박테리아가 들어간 복합 비타민 요구르트를 먹고 있었다.

그녀는 버추얼 비전을 무료하게 바라보면서 다음날 출근할 때 파란색 옷, 빨간 꽃무늬가 있는 옷, 아니면 바지를 입는 것 중 어떤 것이 좋을지 생각을 했다. 그리고 깨끗한 속옷이 없어서 걱정이 되었다. 세탁장을 위해 남겨 둔 얼마 안 되는 돈을, 피부를 젊게 해 준다는 크림을 파는 밀수입자들에게 써 버렸기 때문이다. 이 크림은 완전히 판매가 금지되었다(왜냐하면 크림을 만든 회사 사장이 번쩍이는 새로운 세계 대통령과의 크리켓 게임에서 어리석게도 이겼기 때문이다).

체노아는 따분하고 점점 더 식욕이 감퇴되어 가는 가운데 자신의 작은 아파트에서 외롭게 한숨을 쉬고 있었는데, 그런데 갑자기 ……

체노아 : 그런데 내가 뭘 어쩠길래 당신이 내 일에 관여를 하는 거요? 예? 대답해 봐요. 당신이 미쳤다고 하지 말고. 그렇소, 당신, 글을 쓰는 사람 말이오. 이리 오시오.

작가 : (가엾은 라미로처럼 너무 혼란스러워서 주저했다) 저 말인가요?

체노아: 그래요. 당신 말이에요. 나를 그렇게 외롭게 묘사한 사람이 당신 말고 누구겠어요?

작가 : 하, 하, 하지만…….

체노아 : 하지만이라는 소리 그만해요. 자, 봅시다. 구렁이 같은 이 책에 〈닥터 지바고〉보다 더 많은 등장인물이 나오는데 조용히 지내고 있는 나한테까지 찾아오는 이유가 뭐죠? 나를 이야기에 끌어들이는 이유가 뭐냐 말이에요! 당신에게 말하지만,

내 이름은 완벽하고 모든 사람들이 좋아해요. 그 이유는 전통적으로 강하고 지혜롭고 매력적인 여자들의 이름이기 때문이요. 당신에게 다시 말하지만 나는 이 책의 앞에까지만 해도 깨끗한 옷을 입고 있었고 최고 중의 최고인 검은색 족발로 만든 세라노 지방의 햄을 좋아했다는 것을 알아 두란 말이에요!

작가 : 하지만 체노아, 나는…….

체노아 : 당신이 더 재미있는 작품을 쓰려면 당신이 좋아하는 그 보티폴(작가의 다른 작품에 등장하는 인물―옮긴이)이란 사람에 대해서 글을 쓰거나 에스키모에게나 돌아가시고 우리는 잘 기억도 나지 않는 그…… 세기에 내버려둬요. 내가 책의 첫 부분에서는 21세기에서 잘 지냈는데, 갑자기 음악도 독서도 신도 없고 버추얼 비전(분명히 '버추얼 비전은 당신을 행복하게 합니다' '버추얼 비전은 당신에게 더 나은 식사를 하게 합니다' '버추얼 비전으로 당신의 시간을 더 잘 보내십시오' '친구가 되어 하루 온종일 버추얼 비전을 보십시오'라는 식의 감상적인 광고를 하기 위한 것이 아니라)이 지배하는 세상에서 살게 되었고 가장 최고의 감동이라는 것이 최근에 내가 바보처럼 사랑에 빠진 위대한 카르멜로 프리사스의 처형 장면을 생중계할 때 시청률이 기록을 갱신하느냐 마느냐에 달려 있다는 거지요. 모든 것은 당신이 그 사람을 은하계에서 가장 매력적인 사람으로 만들었기 때문이에요.

작가 : 하지만 체노아, 나도 변명을 하게 해 주시오.

체노아 : 당신은 변명의 여지가 없어요. 가능성이 희박하고 굼뜨고 어리석기 짝이 없는 등장인물들이 가득한 미래나 그들에 대한 패러디나 입에 담기도 싫은 바보 같은 이야기를 쓰는 대신 역사에 관한 진지한 책이나 정치에 관한 글이나 세상의 선과 악, 아니면 범죄, 횡령, 염치없는 짓이나 기아에 관한 글을 쓰는 게 더 나을 거예요.

작가 : 체노아 부인, 내가 바보스러워 보이겠지만, 좌우지간 솔직하게 말하지요. 당신은 그냥 여기에 있고 나는 광대 작가 노릇을 할 테고 세상이 악으로 가득하다 해도 그에 못지않게 좋은 점도 많이 있으니 슬픔에 빠져 웃음을 잃어서는 안 되지요.

체노아 : 저런. 이제는 시인처럼 구시네. 하지만 나는 여기서 그만 이것을 끝낼 거예요. 나는 살인자가 누구인지 알고 있어요. 당신은 그것을 원치 않게 잊어버렸다가, 당신의 생각들이 당신에게 알려 주는데…… 그것으로 그만 책을 끝내지요. 살인자는…….

작가 : (화가 나서)이제 그만하시오! 다음 장으로 계속 넘어갈 텐데 그 장에서는 감옥 문에서 카르멜로 프리사스가 법정까지 에스코트를 받기 위해 법의 수호자 아우로라 보디로바에게 인계될 겁니다. 체노아, 당신은 가만 내버려 둘 테니 더 이상 말하지 마시오, 어떻소?

나이 많은 체노아, 그녀의 이름은 오래전 위대한 인물에게서 물려받은 것이다. 그녀는 행복하기 위한 조건을 다 갖추었다. 특이한 옷장, 햄(검은 족발로 만든)과 스페인 어느 강가의 포도주가 가득 들어 있는 찬장까지. 그럼에도 불구하고 우연의 일치로 여러 행성들이 동맹을 맺었고 바로 그 순간에 일제히 시공을 초월하는 멀티미디어 창문이 열리면서 21세기로 다시 돌아가게 되었다(그 나머지 이야기는 당연히 이어질 것이다).

***

아우로라는 한숨을 쉬면서 자신이 상상한 것보다 더 간절하게 카르멜로와의 만남을 기대하고 있었다. 하지만 한편으로 두렵기도 했다.

재판이 열리기 전에 카르멜로를 가두어 둔, 은하계에서 가장 크고 안전한 산 베니토 감옥의 통로를 막고 있는 거대한 문들이 천천히 열렸다. 아우로라는 자신이 작고 무방비상태이며 우둔하다는 느낌마저 들었다. 거기서 자기 혼자 무엇을 할 수 있겠는가? 문들은 계속해서 열렸다. 이 위압적인 두려움으로 그녀의 경찰 동료들은 넷 또는 아홉 발자국(두려움을 느끼는 정도에 따라) 뒤로 물러나면서 〈하이 눈〉의 보안관처럼 그녀 혼자만 위험 앞에 내버려 두었다. 마침내 문들이 다 열리자 카르멜로 프리사스가 모습을 드러냈다.

　카르멜로는 수위와 얘기를 나누고 그에게 아무런 문제가 없다고 하면서 자신의 일정이 매우 빡빡하지만 재판 결과가 잘 나오면 그의 일을 위해 최선을 다할 것이라고 했다. 어찌 되었든 잔소리가 많았다.

　'그가 나에게 반하지 않을까?' 아우로라는 생각했다. 그러한 생각이 그녀의 심리 상태에 별다른 영향을 주지 못했고 그녀의 두려움은 여전했다.

　'나를 불러 주지 않는 곳에는 끼어들지 않는 게 좋아.'

　계속해서 생각을 했다. 그녀는 사랑, 우정, 행복, 고통 등 감정적인 것은 모두 피하고 살아왔다. 그런데 이제는 낯선 한 사람에 대해, 그의 우수에 잠긴 눈에 의해, 희대의 살인자고 역사의 범죄자라고(당연히 그녀는 그의 무죄를 확신하지만) 버추얼 비전에서 보여 주는 화면을 통해 본, 바로 그 사람을 위해 자신의 모든 것을 바치고 있다. 복잡한 조사에 관여했고 절망에 빠진 간호사를 위로하고(그녀와 같이 울기도 했고) 사람들이 실종되는 것을 목격하고 자기 자신에게 시기심, 질투를 느끼면서 설상가상으로 한 낯선 남자에게 완전히 사랑에 빠져 있었다. 아우로라는 한숨을 내쉬고 카르멜로에게 다가갔다.

　'아마도 그를 가까이서 보면 그에 대한 환상이 깨질지도 몰라.'

"카르멜로 씨."

"네?"

아우로라는 맥이 탁 풀렸고 마음속에서 종소리와 로켓 소리
가 들렸다. 다리가 후들거렸다. 그녀는 이성을 잃었다.

카르멜로가 그녀에게 두 손을(당연히 수갑을 채우고 있는) 내밀
었고 그녀의 눈을 바라보며 기다렸다.

서로 바라보고 아무 말도 하지 않고 꼼짝도 하지 않고 몇 초가 지
나갔다. 아우로라는 그 순간을 음미했다. 승리감에 차서 그에게
키스를 하고 싶었으나 참았다. 미래에 사형을 선고받을 죄수에
게 키스를 하는 전문 경찰은 별로 없을 것이기 때문이다.

카르멜로는 침묵을 깨고 속삭였다.

"내 사인을 원하시나요?"

"사인이요?"

"대개는 나에게 사인을 해 달라고 하지요."

"저는 아니에요."

"좋소. 그만 갈까요?"

"가다니요?"

"재판장으로 말이오."

"네."

"좋소."

카르멜로는 경찰차가 세워져 있는 방향으로 늠름하게 걸어갔

고 그를 호위하는 경찰들은 고분고분하게 그에게 길을 비켜 주었다.

"사인은 출구에서 하지요, 괜찮겠소?"

그리고 장갑차에 올라탔다.

아우로라는 한숨을 쉬었다.

'이건 내가 예상한 것보다 훨씬 더 어려운데……'

***

키르시는 미니스커트와 하늘색 짧은 톱을 입고 눈부신 아름다움을 뽐냈다. 그녀 스스로도 잘 알고 있었다. 곧 자신의 차(고장이 난 것처럼 꾸미고 모터 덮개를 열어 놓고……. 그러나 기술이 발달해서 그런 상황은 실제로 불가능하다) 옆으로 지나갈 경찰들의 관심을 끌기 위해서 어떤 포즈를 취해야 하는지도 알고 있었다.

하지만 그녀를 보고 차를 멈춘 것은 경찰이 아니라 루스테르코였다. 그는 자신의 메간느 차량의 운전석에 앉아서 운명적인 약속 장소를 향해 가는 중이었다. 키르시는 요염한 표정을 지으며 인상을 찌푸렸다.

"도와드릴까요, 아가씨?"

"괜찮아요. 애인을 기다리면서 바람을 쐬는 중이에요. 제 애인은 권투선수고 가라테, 유도와 쿵푸 검은 띠예요."

"아, 그래요."

"그냥 바람을 쐬는 거예요."

"멋지군요!"

루스테르코가 생각에 잠겨 다시 출발을 하는 동안 카르멜로와 아우로라가 타고 있는 장갑차가 빠른 속도로 다가왔다. 속도가 빨랐지만 급제동을 거는 바람에 키르시의 바로 옆에서 멈추었다.

"오! 친절하시네요! 내 차에 무슨 일이 생겼는지 꼼짝을 하지 않는데 한번 어떤가 봐 주세요."

그녀가 짧지만 유혹하는 듯한 말을 하자 법의 수호자들이 그녀의 차가 왜 움직이지 않는지 조사하려고 차로 몰려들었다(그러면서 비록 금지되어 있긴 했지만, 그들 중 어느 누구도 신자가 아님에도, 천국과 지옥에 감사의 기도를 했다).

그러는 사이 아우로라가 차 안으로 들어가 윙크를 하고 카르멜로를 밖으로 데리고 나오면서 수갑을 풀어 주었다.

"벌써 도착했나요?"

카르멜로가 밖으로 뛰어내리고 카메라 앞에서 가장 멋진 미소를 지어 보였다.

하지만 실제로 카메라는 없었다. 그는 당황하며 아우로라에게 물었다.

"실례지만 아가씨. 음, 아우로라. 여기가 어딘가요?"

"탈출을 하려는 거예요. 자, 가요!"

"농담이라도 그런 말 마세요. 나는 재판 받기를 원하고 카메라를 원한다고요."

"그건 다 계략이라고요!"

"그런데 거기에 버추얼 비전이 있나요? 그런가요?"

"그럴 테지요."

"됐소. 유명하면 값을 치러야 하오."

아우로라는 굶주린 카이만 악어보다도 입을 더 크게 벌렸다.

"하지만 당신은 탈출을 해야 한다니까요."

"그건 안 되오. 농담으로라도 안 되오."

그리고 카르멜로는 다시 차에 올라탔다. 그 순간 무언가가 그의 정신을 빼앗았다. 그는 곁눈질로 보았으나 그것으로 충분했다. 고개를 천천히 돌리더니 가슴을 돌리고 그리고 온 몸이 돌아갔다. 차에서 다시 내려 노곤한 듯 두려워하면서 ……를 향해서.

……그가 기억하는 것 중 가장 아름다운 내리막길이 있었다. 바로 거기, 우측에. 그는 초록색 오솔길, 자작나무, 떡갈나무와 석남화로 둘러싸인 언덕을 하염없이 내려갔다(정확히 말하자면 공원에서 차를 멈춘 것이다).

카르멜로는 한숨을 내쉬었다. 하지만 안도의 한숨도 아니고 고통이나 기쁨의 한숨도 아니었다. 아니다. 그건 마치 그의 영혼이

(오래전부터 어느 누구도 영혼을 갖고 있지 않지만) 마침내 자유를 얻어 밖으로 나오려고 결심을 하고 그의 입을 통해서 선택을 하려는 것이었다. 카르멜로는 자신의 어깨에 누가 손을 얹고 있는 것을 느껴서 고개를 돌려 아우로라의 깊은 눈과 마주쳤다.

"나는 누구입니까?" 속삭였다.

아우로라가 작은 소리로 대답했다.

"달리세요."

그러자 카르멜로는 달리기 시작했다. 마치 재무부 장관과 자신들이 늑대가 되었다고 생각하는 허기진 49명의 정신병자들이 쫓아오기라도 하듯 빨리 달렸다. 그는 달리면서 행복감을 느꼈다. 발걸음을 내딛고 발걸음을 크게 벌릴 때마다 기억이 되돌아오고 있었다. 자기 자신을 회복하고 있었다. '선행과 사회보건부'의 공무원인 카르멜로 프리사스. 비탈길을 좋아하는 카르멜로 프리사스. 우연히 영웅이 된 카르멜로 프리사스……. 그런데 이상하게도 최근 며칠 동안에 일어난 일은 하나도 잊어버리지 않았다. 마치 그의 두 개의 인격이 서로 합의를 한 것 같았다. 그래서 달리는 동안 'Baby, I was born to run……'이라고 노래를 목청껏 불렀다(이러한 행동은 전에는 한 번도 한 적이 없었다).

그렇다. 카르멜로는 다시 행복해졌고 자신의 원래 모습으로 돌아왔다. 하지만 갑자기 그의 좌측 도로 입구에서 메간느 모양을 한 악마가 나타났다. 그 차는 전속력으로 달려오더니(평소 때처럼 늦게 도착한 갈까귀 루스테르코가 모는 차였다) 놀라서 어리 둥절해하는 카르멜로를 들이받았다.

충격이 어찌나 컸던지 카르멜로는 적어도 10미터는 날아가다가 자작나무에 부딪혔다. 언덕 위에서 괴로워하는 비명이 들렸고 아우로라가 눈에 눈물이 그득한 채 달려오기 시작했다. 이 세상에 그 정도의 충격을 견딜 사람은 아무도 없기 때문이었다. 다시 한 번 오장육부가 찢어질 것 같은 느낌이 들었고 뱃속이 텅 빈 것 같았고 극심하고, 멈출 수 없고, 억제할 수 없이 소용돌이치는 끔찍한 고독감을 느꼈다.

'그가 만일 죽으면 나는 어떻게 해?'

그러는 동안 몇 미터 떨어진 곳에서는 키르시가 아름다운 미소를 지으며 자기 주변에 있는 모든 경찰들에게 사인을 해 주면서 그들을 떨쳐낸 뒤 극적으로 차에 올라타서(자신의 늘씬하고 미끈한 다리를 보여 주면서) 눈 깜짝할 사이에 시동을 걸고 언덕 아래로 내려가 옆길로 빠져 아우로라가 계획한 대로 카르멜로를 태우러 갔다.

카르멜로는 메간느를 저주하고 그것을 만든 사람과 그 차를 몬 누에고치 같은 인간과 이 책을 쓰고 그를 단 1초라도 그냥 내버려 두지 않는 멍청한 작가를 저주했다. 그런데 놀랍게도 다친 곳이 하나도 없었다(하지만 자작나무와 석남화는 성하지가 않았다. 아니면 아마도 다 부러지고 산산조각이 난 나무는 소나무였을 것이다.

이것은 성냥이나 이쑤시개로나 쓸모가 있었다). 카르멜로는 전에 잘 부러지던 뼈들이 어떤지 몸을 더듬어 보았지만 아무렇지도 않았다. 아래턱을 쓰다듬으면서 그를 나프탈렌 향이 나는 바닐라나 식초크림에다가 쓴 오렌지 맛이 나는 끈끈하고 냄새나는 액체에 집어넣은 그 의사의 말이 생각났다.

'당신은 뼈가 훨씬 더 단단해진 것을 알게 될 것이오. 이제 뼈가 부러지는 일은 없을 텐데, 그것은 여러 부작용 중 하나이고 유익한 것이지요. 이제 당신은 자동차에 치여도 아무것도 부러지지는 않을 겁니다.'

카르멜로는 어깨를 움찔하고 현기증이 나는 오리 같은 얼굴을 하고는 자신은 달리기 위해서 태어났다고 중얼거렸다(자신의 말이 아닌 이상한 언어로 중얼거렸는데, 그 언어로 노래 부르기를 좋아했고 이런 걸 좋아하는 마니아들이 제법 있었다). 그리고 살짝 미소를 짓고 총알처럼 언덕 아래로 달려갔다.

아우로라는 카르멜로가 일어나서 아무 일도 없다는 듯이 다시 달리는 것을 보고 갑자기 멈추었다. 그녀는 참지 못하고 울음을 터뜨렸다. 그녀의 옆으로 동료들이 숨을 헐떡거리고 욕을 하면서 다가와서 그녀에게 부드러운 말로 위로를 하고 카르멜로가 탈출을 한 것은 절대로 그녀의 잘못이 아니라고 했다. 그 이유는 그가 은하계 최악의 범죄자이기 때문이며 누구든지 실수를 할 수 있다고 했다.

카르멜로는 달리고 또 달리면서 마주치는 것들을 모두 피했다. 산토끼, 북극곰, 쇼핑카트, 개똥, 골똘하게 생각하는 멍청한 사람, 노파. 그는 더할 나위 없이 행복했고 노래를 부르면서 달렸고 달리면서 노래를 불렀다. 인생에서 그 이상 더 무엇을 바라겠는가? 그럼에도 불구하고 모든 것이 끝이 있듯이 그의 비탈길도 끝이 났다. 카르멜로는 따분할 정도로 평평한 작은 광장을 돌았는데 그 중앙에는 마리아 카스타냐 시대의 분수가 있었다. 그곳은 백합, 오랑캐꽃과 나리꽃이 가득했다.

내리막길을 전속력으로, 열정적으로, 극한을 치닫는다는 자부심으로 충만해서 세상과 조화를 느끼면서 달리다가 갑자기 (거의 모든 비탈길이 갑자기 끝이 난다) 다시 현실로 돌아온다는 것은 이상한 감정이다. 그리고는 평평하고 단조로운 길에서 다른 사람들처럼 다시 걷는다. 마치 은하계에서 가장 아름답고 모든 남자들이 원하는 여자와 섹스를 하다가 결정적인 순간에 깨어서 모든 것이 꿈이라는 것을 깨닫고 좁고 판자보다 더 딱딱한 침대에서 더할 나위 없는 외로움을 느끼고 설상가상으로 다시 잠이 들어도 그 꿈을 다시 꾸지 못한다는 것과 같다.

카르멜로는 두세 바퀴를 돈 다음에 하늘을 올려다보았다. 어찌 되었든 오늘은 기분이 달랐고 예전의 자기 모습으로 돌아갔다. 이제 자신이 누구인지 알았고 이제 필요한 것은 앞으로 무엇을 하느냐는 것이다.

사이렌 소리가 그곳의 조화를 깨트렸다(그 조화란 새들의 지저 귀는 소리, 귀뚜라미들의 노랫소리, 바로 옆 고속도로의 차 소리와 인근 고속기차들의 서글픈 기적소리다). 카르멜로는 다시 달리기 시작했다. 이번에는 즐거움을 위해서가 아니라 그의 우측에서 전속력으로 다가오는 경찰들을 피하기 위해서다(비록 아직 멀리 있기는 하지만). 평평한 도로를 달리는 것은 경사진 길을 달리는 것과 같지 않고, 기운이 팔팔할 때 달리는 것과 전속력으로 달리고 난 다음에 달리는 것도 똑같지 않았다. 카르멜로는 아우로라가 그를 장갑차에서 나오게 해 준 것 외에 다른 것을 준비하지 않았다면 희망이 없다는 것을 인식하기 시작했다.

차 한 대가 전속력으로 그에게 다가왔다. 카르멜로는 엉거주춤 멈추었다. 차는 그르렁거리고 미끄러지더니 마침내 1미터 앞에서 멈췄다. 문이 열리고……

어떻게 말을 할지, 어떤 말로 표현을 할지. 카르멜로는 엄지발가락 끝에서 시작되어 다리를 타고 올라가서 등으로 간 뒤 머리까지 가는 간지럼을 느꼈고 목덜미의 머리카락이 곤두서고 눈이 휘둥그렇게 떠지는 것을 느꼈다. 차에서 내린 여성은 원자폭탄 정거장 같았고 자신은 그녀의 모든 것을 흡수하고 있었다. 이것이 사랑일까?

카르멜로는 재빠르고 감성적인 동작으로 입고 있던 죄수복의 겉옷을 벗고 소매를 걷고 가슴의 단추를 풀고 돌아서면서 말했다.

"안녕." 사실, 모든 사람들이 상상할 수 있듯이 "난 너와 당장 침대로 가고 싶어."라는 말을 하고 싶었다.

당연히 이 여자는 이미 정해진 계획에 따라 그를 구하러 간 키르시인데, 어찌할지, 무슨 말을 할지 모르고 가만히 있었다. 요 몇 시간 동안 카르멜로에 대해 많은 얘기를 들었고 그에 대해 정확하게 알고 있다는 생각을 했는데, 아직은 그를 만날 준비가 되어 있지 않다는 것을 깨달았다. 무언가를 말하려고 했지만 할 수가 없었고, 단지 비너스처럼 그의 앞에 서 있을 수밖에 없었다.

그리고 갑자기 음악이 시작되었다. 처음에는 카르멜로의 머릿속에서였는데, 부드러운 멜로디로 어디에서 들었는지는 알 수 없지만 브라이언인가 바바라인가라는 가수의 노래라는 것은 알았다. 자기도 모르게 매우 부드럽게 노래를 부르기 시작했다.

"I finally found someone, who knocks me off my feet; I finally found the one who makes me feel compleeeeete……."

마치 이런 말을 하려는 것 같았다. '예쁜이, 우리 이제 침대로 가지, 제발 부탁이야.'

키르시는 자기 자신을 통제할 수 없어서 대답을 했다(이것은 그녀 자신에게도 놀라운 일인데, 자신이 그렇게 노래를 잘하는 줄 몰랐는데, 한 번도 노래를 불러 본 적이 없기 때문이다). "It started over coffee, we started out as friends, it's funny how from simple things; the best things begin……."

합리적인 언어로 번역을 하면 이렇다.

'꿈도 꾸지 마세요. 우리는 먼저 서로를 알아야 하고 커피를 마시고 술을 마시고 당신이 나를 저녁에 초대하고 우리 부모님을 만나고 그런 다음에 보지요……. 하지만, 당신이 건달 같고 나를 귀찮게 한다는 것을 알았으면 해요.'

카르멜로는 돌처럼 굳어 버렸다. 생전 처음으로 누군가가 그에게 노래를 불러 주었고 심지어 듀엣을 불렀다. 자신의 심장이 빠르게 뛰는 것을 느꼈고 마법이 깨질 수 있다는 생각만 해도 현기증을 느꼈고 속이 울렁거렸고(이것은 사랑치고 좀 이상하다) 알레르기와 슬픔을 느꼈다. 카르멜로가 그녀에게 다가가 부드럽게 키스를 했지만 아직은 키스라고 할 수 없고 살짝 스치는 정도로 두 입술 간의 애무라고 할 수 있다.

그때 두 사람은 동시에 노래를 불렀다.

"This is it! Oh, I finally found someone; someone to show my life; I finally found the one, to be with every night……."

그는 이런 말을 하고 싶을 것이다. "예쁜이, 늦었으니 이제 그만 침대로 가자." 그리고 그녀는 "챔피언, 서두르지 마세요. 만일 당신이 계속 그러면 말 한마디가 나의 의욕을 빼앗아 갈 테고 내가 원하면 나는 당신과 침대로 가고 세상 끝에도 갈 거예요."

두 사람은 손을 잡고 차에 올라탔다.

그리고 차는 쏜살같이 달렸다. 장갑차에 타고 있는 경찰이 채 5미터도 떨어져 있지 않았기 때문이다. 그 안에 있던 모든 경찰들이 누비아 지방의 내시들처럼 소리를 질렀다. 그들 중에 한 사람, 아우로라는 내시와는 비교를 할 수 없지만 예전에는 소리를 잘 질렀는데 지금은 입을 꼭 다물고 돌처럼 굳어 있었다. 아마도 그 두 사람의 '입술 간 애무' 또는 접촉, 아니면 실제로 그녀가 그녀의 진정한 사랑과 소울메이트가 '영화 같은 키스'를 하는 것을 보았을 때 얼어붙었다.

쾌락주의자에게 소울메이트, 무언가 매우 특별한 것을 느끼는 누군가가 있다는 것, 이미 사랑에 빠졌다고는 하지 않아도 피부 속 깊이 고통을 겪고 금지되고 상처를 입고 고통스런 감정을 느끼는 누군가가 있다는 것은 매우 불행한 것이다. 하지만 당신이 사랑에 빠진 사람이 당신의 가장 친한 친구, 영혼의 친구라고 할 수 있는 사람과 정분을 나눈다는 것을 상상해 볼 수 있다.

아우로라의 가슴이 산산조각이 난다고 한다면 우리는 말문이 막힌다고 말할 수 있을 것이다. 왜냐하면 아무리 그래도 가슴의 조각이 조금이라도 남아 있기 때문이다. 만일 그녀의 심장이 얼어붙었다고 한다면 우리는 서너 마을을 내쳐 지나칠 것이라고 할 수 있다. 왜냐하면 심장이 얼어붙으면 고통을 느끼지 않고 느낌도 없기 때문이다. 그래서 실제로 말로 표현하는 것은 어려워서 상상력을 동원해야 할 것이다.

표현할 수 있는 것은 그녀가 받은 충격이었다. 아우로라는 완전히 입을 다물고 무기력하게 아무런 반응도 하지 않았다. 단지 생각만 했다. 두세 가지 생각이었다. 첫 번째는 카르멜로를 차라리 몰랐더라면 하는 것이고(아주 짧은 시간 동안 다시는 버추얼 비전을 보지 않을 거라는 불가능한 제안을 스스로에게 했다), 두 번째는 키르시가 심판의 벼락을 맞기 바라는 것이다. 제우스가 자신들의 적을 파괴하기 위해서 발사하는 그러한 벼락 말이다. 마지막으로 자신이 차라리 태어나지 않았더라면 하는 것으로 이 세상에 존재하지 않는 것이다. 마침내 슬픔이라는 단어의 의미를 완전히 알게 되었으나 너무 실망을 해서 울 기운도 없었고 그녀의 얼굴은 조각상처럼 성자 같고 무감각하고 영혼이 없어 보였다.

잠시 뒤에 경찰은 차를 멈추었다. 키르시에 대항해서 할 수 있는 게 별로 없기 때문이었다. 다행히 아우로라의 상태를 알게 되었고 모두 그녀를 좋아했기 때문에 걱정을 많이 했다. 그들은 신속하게 그녀를 본부로 데리고 갔다.

***

거기서 멀지 않은 곳에 갈까마귀 루스테르코가 약속 지점에 도착했다. 카르멜로를 데려가기로 되어 있는 세계 법정에서 두 구획 떨어진 거대한 공원의 중앙에 있는 작은 광장이다.

루스테르코는 땀을 많이 흘렸고 굵은 땀방울이 매부리코로 흘러내려 그의 바로 앞쪽 바닥에 떨어졌다. 날개를 펄럭이며, 그러니까 팔을 잠시 뻗고 심호흡을 하면서 마음을 진정하려고 노력했다. 그리고 초조하게 주변을 둘러보았다. 약속 장소는 매우 특이했다. 야외였기 때문이다. 그런 날, 버추얼 비전 재판이 있는 날에는 아무도 야외로 나오지 않고 모두 자기 집과 사무실, 혹은 휴식 장소에서 버추얼 비전에 신경을 곤두세우고 있었다. 사실 그는 정원사와 공원 여기저기에서 일하는 청결 여단의 작업자들(비록 그들 중 대부분은 그들의 일상적인 일보다는 휴대용 버추얼 비전에 더 신경을 쓰고 있었다)만 볼 수 있었다.

그는 미소를 지었고 고개를 여러 차례 끄덕였다. 그 장소는 약속 장소로 완벽한 곳이었다.

그때 그의 뒤에서 인기척을 느꼈다. 그 순간 무언가가 그의 머리를 세게 내려치는 것을 느꼈다. 정신을 잃으면서 바닥에 쓰러지는 동안 그의 위로 검은 물체가 다가와 말하는 소리를 들었다.

"진작 너를 해치우고 싶었어. 너를 말이야……."

***

아우로라는 작은 사무실 의자에 앉아 있었다.

굶주린 개들이 갇혀 있는 우리 속에서도, 아니면 타이티의 뜨거운 비를 맞으면서도 그렇게 앉아 있을 수 있었다. 불행한 그녀는 슬프게 축 늘어진 동상 같았다.

많은 경찰들이 그녀를 에워싸고 우려스런 표정으로 바라보았다. 다들 어찌할 바를 모르면서 카르멜로가 탈출한 것은 그녀의 잘못이 아니라고 수차 얘기했다. 그리고 그를 곧 체포하게 될 것이고 그를 처형해서 은쟁반에 담아 그녀에게 담아서 가져다 줄 거라고 했고 무안해하지 않고는 옮길 수 없는 다른 야만적인 얘기도 해 주었다. 하지만 아우로라는 반응이 없었다.

"아무래도 그녀를 데려가야 할 것 같은데. 그러니까 병원으로. 아니면 정신병원 말인데. 무슨 말인지 알겠지."

"그럴 필요는 없소. 우리를 그냥 내버려 두시오!"

"아산 형사님! 무슨 일이십니까! 오늘 아침에 갑자기 병이 나셨다니! 어떠세요?"

"이제 괜찮소, 중사. 괜찮소."

혼자 남게 되자 아부 아산은 깊은 한숨을 내쉬고 부서의 상징인 코트를 벗어서 바닥에 내팽겨쳤다. 그는 아우로라의 의자 주변을 몇 바퀴 돌고 말했다.

"좋아, 좋아."

그리고 다시 두 바퀴를 돌았다. 아우로라 앞에 두 손을 허리에 얹고 버티고 서서 그녀의 눈을 뚫어지게 바라보면서 말했다.

"내가 이럴 줄 알았지."

그리고 그녀의 옆으로 가서 팔을 낚아챘다. 아우로라는 넋을 놓고 있었다. 그녀의 마음은 다른 사람에게 더 가까이 있었지만, 그녀의 몸은 이 사람에게 단단히 붙잡혀 있었다. 아산은 구석에 있는, 낮잠을 자거나 밤새 일을 하거나 앉아서 쉬기에 제격인 작은 소파에 그녀를 쓰러트렸다.

다시 한숨을 내쉬고 아우로라를 바라보면서 그녀에 대한 그의 감정이 많이 변했다는 것을 깨달았다. 그녀가 달라졌다는 생각이 들었고 아니면 아마도 항상 그러했지만 많은 용기와 결단을 갖고 세상에 대해 자신을 방어했다는 생각이 들었다. 어찌 되었든 지금은 인형 같고, 약하고 섬세하고 아름다웠다. 아름다운 아우로라? 그것이 그녀에 대한 새로운 느낌이었고 아마도 전 세계에 대한 그의 새로운 생각이었다. 지금까지 아무도 아우로라를 아름답다고 보지 않았기 때문이다. 아부 아산은 그녀 가까이 바닥에 앉아서 머리를 그녀의 손에 기대고 조용한 목소리로 말하기 시작했다.

"당신이 옳았소. 내가 틀렸소."

말을 멈추고 그답지 않은 말을 했다.

"나에게 위대한 말을 기대하지 마시오. 오전 내내 당신의 제안을 조사했고 모두 확인했소. 카르멜로가 우리가 찾는 살인자라는 것은 실제적으로 불가능하고 그로 인해 우리는 커다란 문제에 봉착하고 있소. 한편으로 이런 사실이 들통 나면 카르멜로가 심각한 위험에 처하게 되고, 다른 한편으로 내가 아직 범인이 누군지 모르고 그가 무엇을 원하며 다음 피해자가 누구인지 모른다는 것이오. 정확히 말해 당신이 필요하오."

아부 아산은 한숨을 쉬고 말을 이었다. 아우로라는 계속 움직이지 않았다. 형사는 그녀의 볼이 약간 떨리는 것을 보았다.

"아우로라, 무엇을 기대했소? 그가 풀려나면 당신 팔에 안길 것을 기대했소? 그가 당신에게 고맙게 생각하기를 기대했소? 아니면 당신에게 홀딱 반할 거라고 기대했소? 사랑이 무엇이오, 아우로라? 사랑을 아시오?"

아부 아산은 일어나 잠시 가만히 자신의 마음속 깊은 곳을 바라보다가 몸을 숙여서 아우로라의 귀에 대고 속삭였다.

"사랑이란 아무런 대가를 바라지 않는 것이오."

그리고 다시 바닥에 앉아서 천장을 멍하니 바라보면서 독백을 계속했다. 이 천장이 여름, 바하마의 별이 빛나는 밤이었더라면 더 좋았을 것이다. 즉시 사라지는 수많은 별들이 창공을 가르면서 어둠을 깨고 한 악단이 촛불 아래서 〈Don't worry, be happy〉를 부르는 밤 말이다.

"누군가를 필요로 하는 것이지. 누군가의 가까이 있고, 보고 듣고 만지고 싶은 것이지. 우리가 살아 있기 위해서 필요하고 혼자서는 절대로 경험할 수 없는 그 희미한 전율 말이지. 아마도 그것을 느껴 본 사람들은 얼마 되지 않지만 그들은 축복받은 사람들이오. 그러한 것을 느껴 보지 못하는 것은 너무 슬프기 때문이지."

아부 아산은 입을 다물었다. 하지만 이번에는 일어서지 않고 아우로라처럼 멍하니 가만히 있었다. 마치 조각상이라고 할 정도였고 그가 천천히 호흡을 하지 않았더라면 죽었다고 여겼을 것이다. 그의 어깨에 놓인 한 손이 그를 그런 상황에서 꺼내 주었다.

아우로라는 소파에 앉아서 울고 있었다.

아부는 일어서서 그녀의 옆에 앉아 안아 주었다.

"많이 고통스럽지…… 하지만 즐거워하시오. 당신이 살아 있다는 증거니까."

만일 중사가 노크도 하지 않고 허락도 없이 방으로 뛰어 들어오지 않았더라면 그들은 계속해서 감성에 젖어 있고 싸구려 철학(결국은 이것이 그나마 유익한 것이다)을 논했을 것이다. 중사는 허겁지겁 외쳤다.

"루스테르코가 살해당했어요."

"돌팔매질로?" 형사가 더듬거렸다.

"그런지 아닌지 말하기가 어렵습니다. 정확히 말해 둥근 돌에 맞은 것은 확실한데 손수건 때문에 죽었습니다."

"손수건?"

"네, 수세기 전의 종교 암살단원 같습니다." 중사는 인도 문학과 역사 애호가였는데 이 지역은 고대에 존재한 기이하고 초보적인 문명지로 이미 오래전, 그러니까 삼사 년 전에 사라졌다.

"나는 무슨 말인지 이해를 못하겠소."

중사는 설사병에 걸린 개구리 표정을 짓고 설명했다.

"종교 암살단원들은 손수건으로 질식시키는데, 사실 교살을 하나의 예술로 승화시켰지요. 아! 그리고 전능한 칼리(인도에서 숭배하는 여신─옮긴이)를 숭배했습니다."

"그렇다면 루스테르코가 목이 졸려 죽었소?"

"그렇기도 하고 그렇지 않기도 하지요. 저는 칼리가 살아나서 그를 죽였다고 봅니다."

중사는 무신론자임에도 불구하고 칼리를 숭배했다. 그렇지 않으면 늑대의 무리에 둘러싸인 새끼 양처럼 겁이 많아서 그들의 의식이라도 추종했을 것이다.

형사는 초조해하기 시작했고 신음소리를 내며 "중사 제발!" 이라는 말을 하고 바닥을 발로 쳤다. 그러자 중사는 살인 현장을 상세하게 묘사했다. 범인이 그 유명한 둥근 돌로 루스테르코가 죽을 때까지 때리고 비단 손수건으로 머리를 묶어 질식시키고 그것으로도 모자라서 온 몸을 마비시키는 레이저 스무 개(최대의 강도로 쏘았는데, 한 개로 백 미터 높이의 새를 프라이할 정도다. 물론 새가 있다면 말이다. 왜냐하면 천년 동안에 유일하게 알려진 새가 루스테르코 자신이었기 때문이다)를 쏘았다고 한다. 요약하자면 경찰의는 아직도 그의 사인이 무엇인지 단정을 짓지 못하는데, 그것들 중 하나인 것은 분명하다.

"아! 그리고 곤봉으로 맞은 자국이 있는데…… 돌이 아니라 곤봉으로요."

중사는 한숨을 쉬어 말을 맺었다.

"물통은?"

중사와 아부 아산은 아우로라를 이상한 표정으로 바라보았다. 그들의 표정이 이상할 정도를 넘어서 마치 '불쌍해라, 마치 송아지 같네'라는 말을 하는 듯했다. 아우로라는 조바심을 냈다.

"근처에 물통이 있었어요? 없었어요?"

"글쎄요, 있었기는 하지만 이해를 못하겠네요. 그것을 어떻게 알았지요? 알 수가 없네요."

아부 아산은 천천히 일어나 방 안을 빙빙 돌면서 저주를 하고 원망을 했다. 그는 살인자의 49대째 가족들까지 들추어 내면서 바닥을 발로 차고 이렇게 나가다가는 머지않아 살인자를 붙잡을 수 있을 거라고 했다. 왜냐하면 더 이상 살아남는 사람이 별로 없을 것이기 때문이다.

아우로라는 벌떡 일어났다. 오월의 가랑비가 내리고 난 다음의 상추처럼 빛나고 신선했다. 그녀의 눈은 빛이 났고 반짝거렸다. 그녀가 키도 크고 아름답기까지 했다면 복수의 여신 같았을 것이다. 세상을 섹스, 전쟁, 사랑과 열정으로 가득 채우기 위해 잿더미 속에서 다시 태어난 아테나 말이다. 하지만 그녀는 아우로라일 뿐이었다. 그럼에도 불구하고 그건 중요하지 않았다. 그 순간은 더 강하고 전보다 훨씬 더 자신감이 넘쳤기 때문이다. 그녀의 컨디션은 최고였고 세상의 정상에 있으며 마호메트처럼 산도 옮길 수 있었다. 만일 산들이 움직이지 않으면 거기까지 걸어가서 올라갈 수도 있었다.

"시간이 별로 없어요." 그녀가 말했다. "내가 의심하는 것이 맞는다면 루스테르코가 오늘 마지막 희생자가 아닐 거예요."

***

키르시의 아파트는 정말 세상의 꼭대기에 있었다. 세계 수도의 가장 높은 마천루의 꼭대기 층 바로 아래층인데, 창문에서 수천 개, 수백만 개의 희뿌연 마천루와 사무실 빌딩, 주택, 축구장의 모습이 보였다. 심지어 어떤 벼락부자가 자기 옥상에 심은 과거 시대의 흔적인 나무들도 볼 수 있었다.

그 외에도 초호화스러운 생활을 하고 있었다. 소수의 사람들이 발타리의 아파트처럼 거대한 집을 갖고 있었다. 최첨단 기술로 된 그녀의 아파트는 101평이었다. 그녀의 말 한마디에(멍하게 있는 카르멜로 앞에서 당당하게 내뱉은) 실내의 불빛이 로맨틱하게 켜졌고 칵테일이 준비됐고 침대가 펴졌고 모든 멀티미디어 메시지들에게 자동적으로 대답했고 화장실을 자동으로 청소했고 부드러운 음악(당연히 가난한 사람들에게는 완전히 금지된)이 실내에 가득했다. 욕조(목욕탕을 거의 다 차지하는)에는 수백 개의 은하계에서 피부과 시험을 한 비누로 가득한 따스한 물이 채워지기 시작했다. 이 비누는 피부를 49퍼센트 더 매끄럽고 부드럽게 해 주었다. 텔레 푸드에 귤로 만든 케이크를 주문했고(사실 귤로 만든 것이지만 수천 년 전에는 푹 익은 바나나 맛이 났을 것이다) '천국 같은 지옥'에 전화를 걸어서 정력이 좋고(듀라셀처럼 몇 시간이고 지속되는데, 이 단어가 어디서 왔는지는 잘 알 것이다) 독점할 수 있는(예를 들어 값이 비싼) 라틴 남자를 보내 달라고 했다. 그러자 키르시는 얼굴을 붉혔고 천진난만한 미소를 지으며 통신기 비디오로 가서 재빨리 마지막 자동명령을 지워 버렸다.

키르시는 카르멜로가 라틴 남자들도 보여 준 적이 없는 열정으로 그녀를 껴안았을 때 변명을 할 시간이 없었다. 어느 누구도 그녀에게 그런 것을 해 주지 않았다. 부드러움으로 가득한 키스.

키르시는 진정으로 맥이 빠졌다. 세상에 그렇게 즐거운 감정이 존재하는지 미처 몰랐다.

그녀는 온갖 매춘을 주선해 주는 가장 좋은 집들을 다녀 보았다(남자들이 한 가지만을 위해서 쓸모가 있다는 것을 깨달은 뒤부터). 톱 모델, 영화배우들과 잠을 잤고 심지어 전능한 황제 게이츠의 상속자 중 한 사람과 공식적인 관계를 맺을 뻔했으나 아무도 카르멜로 같은 감정을 느끼게 해 주지는 않았다.

카르멜로는 그녀에게 다시 키스를 했다. 그녀는 새끼발가락이 흥분을 하는 것을 느꼈다. '더, 점점 더, 더 많이'라는 생각을 했고, 원했고, 애원을 했다.

카르멜로는 두 팔로 그녀를 감싸고 그녀의 눈을 바라보면서 사랑의 말을 속삭이기 시작했다. 키르시는 기절할 것만 같았다. 그의 말은 전형전인 'bed talk(누군가 자신이 원하는 것, 이를 테면 그 유명한 섹스를 하기 바로 직전이나 때때로 직후에 졸음이 몰려오지 않을 때 하는 별다른 의미 없는 대화를 일컫기 위해 사용되는 외국어)'가 아니었다. 사랑의 소리, 신비롭고 달콤하고 가슴에 와 닿는 의미가 깊은 말이고, 그녀를 촉촉하게 적셔 주고 그녀의 마음을 즐겁게 해 주고 그 순간이 영원히 끝나지 않기를 바라도록 해 주는 말이었다.

키르시는 카르멜로의 곱슬머리를 쓰다듬었다(아직 언급은 하지 않았지만 결국 감옥에서 카르멜로는 자신의 재판, 즉 다가오는 축제를 맞이해 머리를 곱슬곱슬하게 하기로 결심을 했다). 그리고 그에게 달콤하고 절대 멈추지 않는 정다운 목소리로 속삭였으며 사랑의 말을 계속하고 키스와 눈길을 보내면서 밤이 새도록 온

종일 자신은 그의 것이며 세상이 끝날 때까지 그의 것이라고 말할 수 있었다.

만일 키르시의 신기한 집이 자기 주인의 기나긴 한숨소리를 버추얼 비전을 켜서 뉴스를 틀어 달라는 뜻으로 혼동을 하지 않았더라면 두 사람은 계속 그러고 있었을 것이다. 그래서 그들은 먹지도 마시지도 않은 채 유행 평론가에 비할 바 없는 바비 밀로스, 고인이 된 루스테르코의 시신과 범죄 장소 주변에 몰려든 수십 명의 경찰들과 구경꾼들에게 둘러싸이게 되었다. 바비는 어린이들이 축구를 하기 위해서 사용하는 플라스틱 지구본을 가지고 죽음의 장면을 다시 재현하려고 했고 옷을 거의 입지 않은 유명한 톱모델에게 루스테르코의 역할을 맡겼다(이것은 남성 시청자의 대부분을 즐겁게 해 주었다).

카르멜로조차 죽은 사람과, 옷을 별로 걸치지 않은 톱모델과, 바비 밀로스처럼 악다구니를 쓰는 사회자에 둘러싸여 있으면서 낭만을 유지하기란 힘들었다. 그래서 사랑의 말이 아니라 이런 말을 했다.

"보시오! 저 사람이 나에게 고문을 가한 괴상한 새요."

"잔 엠마누엘 루스테로코요? 장관 말이에요?"

"그렇소. 그를 정확하게 기억하오. 하지만 다른 사람의 명령에 순종을 했지요. 그 이름이 뭐더라? 그러니까…… 맞아요, 이제 알겠소. 에델미로 엠마누엘 마리아스 로드리게스 조르드."

키르시는 입을 다물지 못했다.

"그 다른 괴조를 어디서 만날 수 있어요?"

"세계 대통령이요."

"세계 대통령이 가르쳐 줄 수 있나요?"

"아니, 그게 아니라 그가 바로 세계의 대통령이란 말이오."

지금은 카르멜로가 입을 다물지 못했다.

두 마리의 도미처럼 버추얼 비전의 새로운 뉴스가 그들을 놀라게 했다. 미소를 잘 짓는 바비 밀로스가 큰 소리로 말했다.

"여러분, 보십시오. 역사상 가장 잔인하고 이제까지 존재한 가장 사악하고 악랄하고 비도덕적인 살인자의 새로운 살인사건. 카르멜로 프리사스. 그는 탈출을 하고 다시 범죄를 저지르는 데 채 한 시간도 걸리지 않았습니다. 누가 그를 저지하겠습니까? 잠시 광고를 한 뒤에 그를 볼 텐데, 여러분들은 역사상 가장 최대의 스캔들을 볼 수 있으니 다른 곳으로 가지 말기를 바랍니다. 단독 입수한 카르멜로와 전 대통령의 사진과 비디오를 여러분들만을 위해서 보여 드릴 겁니다."

방은 아름다운 분수 옆 작은 공원에서 전 대통령이 카르멜로와 뒹굴면서 내는 신음소리로 가득했다.

카르멜로는 상황에 따라 표정을 바꾸고 윙크를 하고 어깨를 움찔하고 키르시에게 겸허한 시선을 보냈다. 하지만 그녀는 뒤틀리고 질투심 가득한 동작을 하면서 버추얼 비전을 바라보면서 '정치가들은 모든 면에서 우선권이 있단 말이야. 권력이 얼마나 타락했는지.'라고 생각했다.

카르멜로는 자신의 아랫도리에서 증오심을 느꼈다. 그는 벌떡 일어나 멍하니 말했다.

"이 문제는 내가 단번에 해결할 거야."

그리고 키르시에게 통신기를 사용하겠다고 양해를 구하고 자기 아버지, '행성간 업무부' 장관에게 도움을 청하려고 전화를 했다. 그러자 울고 있는 비서가 그의 아버지가 아들의 도주를 도와주었다는 혐의로 몇 시간 전에 체포되었다고 했다. 그리고 더 많은 문제를 막으려고 이삼 일 후에 그를 죽일 거라고 했다. 사실 바비 밀로스가 그의 사형을 단독으로 중계할 권한을 이미 샀다.

카르멜로는 키르시를 심각하게 바라보았다.

"한 가지 방법밖에 없소. 조르드의 집으로 가겠소."

"나도 같이 가요."

"꿈도 꾸지 마시오."

키르시는 두 손을 허리에 받치고 도전적으로 섰다.

"누가 당신을 구했어요? 경비를 따돌릴 수 있는 사람이 어디 있어요?"

카르멜로는 미소를 지었다.

***

아우로라는 세 시간 동안 버추얼 증거자료실에 갇혀서 지금까지 일어난 살인사건을 심도 있게 조사하고 있었다. 그녀는 멀티미디어 자료를 보고 범죄 장면을 보여 주는 비디오를 찬찬히 보고 컴퓨터로 수십 개의 시뮬레이션을 해 보고 모든 것의 연관관계를 골똘히 생각해 보았지만 소용이 없었다. 간혹 알아들을 수 없는 말을 내뱉거나 욕을 했으나 곧 다시 정신을 집중했다.

아부는 한 모퉁이 떨어져서 그녀를 관찰했다. 자기 자신이 했던 것처럼, 또는 적어도 해냈다고 믿는 것처럼 아우로라가 살인자를 찾아내고야 말 것이라는 확신이 들었다. 하지만 그녀를 도와주지는 않을 것이다. 아우로라는 스스로 그것을 찾아야 할 필요가 있었다.

아우로라는 눈을 감았고 잠이 든 것 같았다. 아산은 아마도 그녀가 포기를 하고 있다는 생각을 했다. 분명히 그렇게 하도록 내버려 두지는 않을 것이다. 그는 목을 가다듬고 의자에서 천천히 일어났다. 하지만 그가 다가가거나 말을 하기 전에 아우로라가 즐거움으로 가득한 지혜로운 시선을 던졌다.

"저는 이제 필요한 증거들을 모두 가지고 있어요."

아산이 미소를 지었다.

"본질적으로 간단한 사건이요. 그렇지 않소?"

아우로라는 고개를 끄덕였다.

"체포하는 일만 남았지요."

"정확히 말해서 아니지요. 한 개와 한 개를 합치면 반드시 둘이 되지 않고 때때로…… 그리고 루스테르코의 죽음에서는 무언가 맞아떨어지지가 않소. 마치 살인자가 무언가에 좌절을 느낀 것처럼 지나치게 잔인하고 증오심이 엿보이지요."

아부 아산은 이상하게 바라보았다.

"누가 루스테르코를 죽이라고 명령했나요?"

"조르드." 형사가 속삭였다.

"맞아요. 내 예상이 틀리지 않다면 우리의 살인자는 오늘 할 일이 많아요."

"오늘이요?"

"당신과 내가 같은 결론에 도달했다면, 그 점에 대해 나는 확신이 많이 없지만 아마도 그럴 수도 있고, 우리의 살인자는 우리가 그를 체포할 때가 임박하다는 것을 눈치 챘을 수도 있지요. 그래서 서둘러서 행동할 겁니다."

"하지만 조르드에 대해 무슨 시도를 해 볼 수 있겠소? 경비를 따돌릴 수는 있겠소?"

아우로라는 매우 진지하게 형사를 바라보았다.

"49번 증거자료. 거기에 답이 있지요."

조르드는 개 같은 기분이었으며 겁을 먹고 있었다. 그의 인생에 처음으로 상황이 통제가 되지 않는다는 것을 느꼈다. 누군가 계속해서 그를 앞서 가고 있는데 그가 도대체 누구인지 도무지 감이 잡히지 않았다. 적을 모른다는 사실이 더 견디기 힘들었다. 깊은 한숨을 쉬었다. 사실 그 적은 양다리를 걸친 루스테르코라고 항상 생각했고, 전 대통령이 그를 약간 도와주고 있다고 생각했다. 하지만 이제는 확신이 사라졌고 자신이 위험에 처했다는 것 외에 확실한 게 하나도 없었다.

조르드는 상황을 정리하고 생각을 구체화하고 복잡한 머릿속을 정돈하려고 했다.

'우선 우리에 갇힌 호랑이처럼 행동을 해서는 안 된다.'

사무실을 더 이상 뱅뱅 돌지 않고 깊이 생각해 보기로 하고 자신의 거대한 대통령 의자에 앉았다. 그의 손가락들은 기계적으로 책상을 계속 두들겼고 그의 시선은 앞의 벽을 골똘히 바라보았다. 어찌 되었든 누군가가 항상 그의 계획을 앞서 갔고 그것은 분명했다. 누군가 사전에 루스테르코를 제거했고 카르멜로를 풀어 주었고(비록 누가 그런 정신이 이상한 사람을 풀어 주고 싶어 하는지 확신할 수 없었지만) 자기와 몇 안 되는 사람들에게만 권한이 있는 전 대통령에 대한 정보를 바비 밀로스에게 전해 주었다.

책상을 손바닥으로 치고 비서를 불렀다. 하지만 그의 비서는 오지 않았다.

'다들 어디로 갔나?'

그때 사무실 문이 활짝 열렸다.

"이보게, 맨추! 어디 갔었나? 비서들은 늘 대기하고 있어야 한다고 생각하는데……."

조르드의 입이 얼어붙었다. 왜냐하면 전 대통령과 그녀의 경호원 아마폴라가 들어왔기 때문이다.

조르드는 더듬거리면서 허겁지겁 말을 하려고 했지만 말을 할 수가 없었다.

아마폴라가 말했다.

"너무 쉬워서 별로 마음에 들지 않네요."

복수의 여신 아프로디테처럼 아름답고 끔찍한 아나 로페스 데 모나스테리오구렌이 돌처럼 굳은 세계 대통령 앞에 버티고 섰다.

***

그러는 동안, 거기서 멀리 떨어지지 않은 곳 아래층에서 드라마틱한 장면이, 대통령들이 처한 상황과는 상관없이 벌어지고 있었다. 경비 10명과 맨추, 비서들이 바닥에 쓰러져 있고 김이

나는 커피에 둘러싸여 있었다. 방 가운데에는 한 형상이 커피농장의 강한 냄새를 풍기면서 서 있었다. 냄새를 잘 맡는 사람은 별로 마음에 들어 하지 않을 것이다. 왜냐하면 커피향이 달콤하고 이상한 사람 냄새와 섞여 있기 때문이다. 그 형상은 짧고 횡횡 소리 내어 울리는 폭소를 터트리고 말을 했다.

"이제, 대통령을……."

* * *

"감히 여기를 들어오다니? 맨추! 로돌포! 하비안! 아르투로! 다들 어디에 있는 거야?"

"네가 감히 우리의 협약을 깨고 카르멜로와의 '부주의한 일'을 방송에 알려?"

조르드는 화를 내며 고개를 저었다. 아마폴라를 뚫어지게 바라보았다.

"도대체 어떻게 들어왔어?"

아마폴라는 자신감에 차서 함박미소를 지었다.

"뒷문으로요. 쉽던데요."

조르드는 등이 가려웠다. 항상 위험을 감지할 때면 그런 가려움을 느꼈다. 마치 하나의 재능처럼. 늘 자기가 원하는 방향으로 나가게 해 주는 특별한 능력 같았다.

"뒷문은 가장 경비가 삼엄한 곳인데." 중얼거렸다.

아나는 조바심을 내기 시작했다. 저 멍청한 사람이 자기에게 아무런 신경도 쓰지 않고, 자신들이 경비를 어떻게 뚫고 들어왔는지에 대해 감격해하지 않았다. 자기에게 말도 걸지 않았다.

그리고 동시에 여러 가지 일이 일어났다.

조르드는 전략적으로 물러나기 위해 적당한 순간이 다가오고 있다고 생각하고 사무실의 반대편 끝에 가짜로 만들어 놓은 문을 향해 참새처럼 잽싸게 달려갔다.

아마폴라는 자기 상사의 윙크에 따라 그를 앞서 가며 에델미로에게 덤벼들고는 레이저 마비기를 꺼내 그의 허리를 찔렀다. 아나는 자신의 적이 분노와 두려움이 가득한 표정으로 바닥에 나자빠지며 몸을 피하려고 하는 것을 보면서 기쁨에 겨운 탄성을 자제했다(어찌 되었든 그녀는 감정을 억제해야 할 여인이었다).

그때 아무도 모르게 문이 열리더니 그림자 하나가 살그머니 들어왔다. 그림자는 거대한 둥근 돌을 갖고 있었다.

아마폴라는 기분이 최고였다. 우주에서 가장 세력이 강한 사람을 손아귀에 넣고 있었고 잠시 후면 모든 상황이 끝나면서 그녀는 은하계에서 가장 유명한 경호원이 될 것이고 자기 상사는 잃어버린 명예와 신뢰를 되찾을 것이다.

바로 그 순간 에델미로 마티아스 로드리게스 조르드, 세계 대통령이 거의 불가능한 동작으로 아마폴라의 마스터키를 피하고 그녀를 덮치면서 오른팔에 마비기를 집었다. 다른 사람 같으면 동정 또는 즐거움 또는 증오심을 느끼겠지만 조르드는 단지 아마폴라의 가슴에 마비기를 대고 싸움을 종료하면서 안도감만을 느꼈다.

그때 아나가 조르드에게 달려들어 좀 전에 언급했던 여성의 신분을 망각하고 발정 난 암고양이처럼 할퀴고 때리고 닥치는 대로 물어뜯었다. 사람들은 조르드가 다시 마비기를 사용할 거라고 생각하겠지만 그는 '애정' 공세를 태연하게 참으면서 알아들을 수 없는 말을 중얼거렸다.

만일 불길한 웃음소리가 그들의 등 뒤에서 들리지 않았더라면 두 사람은 계속해서 싸웠을 것이다. 그들은 천천히 경건하게 몸을 돌렸다.

그들은 자신의 눈을 믿을 수 없었다.

"하, 하, 하지만……!"

"이건……!"

***

아우로라와 아부 아산은 전속력을 다해 대통령 관저로 향했다.

"모든 직원들을 데리고 왔어야 해요." 아우로라가 말했다.

"구속영장이 없이는 그럴 수 없어요. 우리가 가는 곳이 대통령

관저라는 것을 기억하시오. 아무나 페드로 알모도바르처럼(스페인 영화감독―옮긴이) 그 집에 들어갈 수 있는 게 아니오."

"하지만 그가 재빨리 행동할 것을 확신해요." 고집 센 아우로라가 되풀이했다.

아산은 그녀를 곁눈질로 보면서 그녀를 깊이 증오함과 동시에 저 작은 여자에게 완전히 사랑에 빠질 것 같다는 생각을 했다. 마침내 한숨을 쉬었다.

"하지만 당신의 이론은 별로 독특하지 않소. 당신은 그녀가…… 확신하오?"

"틀림없어요."

아산은 머리를 냉소적으로 흔들었다. 살인자가 조르드라고 생각했는데 그렇지 않다면…….

"믿을 수가 없어."

"틀림이 없다고요. 그녀가 맞아요. 미나가 맞다고요."

***

"라마네……" 아나가 간신히 더듬거렸다. 충격을 받아서 목소리가 거의 나오지 않았다.

"미나 라마넴."

조르드는 전 대통령을 힐끔힐끔 쳐다보았다.

"미나를 아시오?"

"물론이지요. 나의…… 나의……."

***

'비서의 살인사건이 있은 뒤 그녀를 의심하기 시작했어요. 수수께끼에서 맞춰지지 않는 조각이었지요."

아부는 아우로라의 말을 진지하게 듣고 있었다.

"어떤 면에서 모든 것의 축은 둥근 돌이지요. 살인무기라는 이유 때문이 아니고 그 속에 감추고 있는 것 때문이지요. 우리의 친애하는 세계 대통령이 그것을 탐냈고 그가 그것을 차지하면 전 대통령이 불행에 처하게 될 뿐 아니라 자기 자신은 정상에 올라갈 수가 있지요. 그래서 자신이 할 수 있는 유일한 일을 했어요. 전 대통령의 비서에게 뇌물을 먹인 거지요. 그것이 내가 가장 발견하기 힘들었던 부분이에요. 다행히 나의 삼촌 로드 리게스가 세계 IP 전자마그네틱 감시체계의 최고참인데 그들의 짧은 대화를 녹음했지요. 가엾은 비서는 자기 상관의 비밀을 발견하는 데 시간이 걸렸지만 마침내 그것을 알아내고 절도를 준비했지요. 그와 동시에 영웅 카르멜로의 이야기와 그와 전 대통령과의 스캔들이 생겼지요. 분명히 조르드는 자신의 행운을 믿을 수 없었어요. 자신의 수중에 스캔들과 '둥근 돌'을 갖고 있었지요. 그래서 카르멜로를 납치하고 고문을 해서 이성을 잃게 했지요(그가 더 다루기가 쉬웠기 때문이지요) '지옥 같은 천국'에 자신의 신복인 '종교 통제와 성 억제부' 장관을 보내 돌을 가져오라고 했는데 이때부터 문제가 꼬이기 시작했지요.

비서의 애인인 미나가 이 비서가 전 대통령과 부정한 짓을 한 것을 알고 화가 나서 모든 사람들을 배신했어요. 조르드의 계획을 알아채고 '종교 통제부' 장관을 죽이고 자기 애인을 거의 죽이고(결국은 병원에서 그를 죽였는데) 둥근 돌을 차지했어요. 이것은 또한 카르멜로를 치료한 의사의 죽음도 설명해 주지요. 그를 돌보았기 때문이 아니라 전 대통령이 그 의사에게 비서의 회복을 맡겼기 때문이지요. 이것은 내 예상을 조금 빗나가게 했어요. 왜냐하면 범인이 조르드라고 생각했기 때문이지요. 하지만 곧 그가 범인이 아니라고 생각했고, 어찌 되었든 의사는 카르멜로가 고문을 당하기 전에 치료를 했고, 그래서 아무것도 알 수 없었어요. 이제, 의사가 비서를 치료한 것과 비서가 의사에게 무슨 말을 했는지는 전혀 다른 문제지요. 나머지는 간단해요. 구일리안이나 갈까마귀가 미나에게 갈취를 하려고 노력했고 조르드와 위험한 이중플레이를 했어요. 그리고 그에 대한 대가를 치렀지요."

"하지만 어떻게 그게 가능합니까?"

아우로라가 미소를 지었다.

"미나에게는 유리한 점이 있었어요. 그녀가 모두를 잘 알고 있기 때문이고 그들의 의도가 무엇인지 알아서 그들보다 먼저 행동을 했지요. 나의 친애하는 아부 당신의 의도도 마찬가지지요."

"내 의도요?"

아우로라는 고개를 끄덕였다.

"그래요. 왜냐하면 미나는……."

***

아나는 조르드를 망연자실하게 바라보았다. 그는 통제력을 잃고 중얼거리며 대구 같은 눈을 하고 미나를 바라보았다.

"미나는…… 미, 미, 청, 청, 청소부이지."

"나의 청소부요." 전 대통령이 간신히 말을 했다.

***

"미나는 부서의 청소부요. 나의 49명의 부하들이 심문을 한 그 여자 말이오. 그래서 사무실에서 돌을 훔쳤군요. 그런데 왜 아무도 몰랐을까?"

"그 이유는…… 누가 청소부에게 신경이나 쓰겠어요?"

아부 아산은 고개를 저었다. 곧 세계 대통령의 관저인 푹시아 저택에 도착할 것이고 그러면 많은 일이 일어날 것이다. 그는 너무 화가 나서 더 이상 지체하지 않고 직업을 바꿔서 택시 운전사나 비행사나 조각가들의 모델이 될 거라고 결심했다.

"당신 혼자서 그 모든 것을 알아냈소?"

"그러니까…… 뭔가 국민투표의 관점에서 볼 때 모든 사항이 요구되는 과학적이고 기술적인 엄밀함을 갖추었다고는 할 수 없어요. 하지만 지구가 화성과 관련해서 기우는 것을 고려해 보니 오늘은 수요일이고, 나는 카르멜로에게 빠져 있고, 프란시스 베이컨의 가르침을 기억해 보면, 그 가르침에 의하면, 오류와 모호함을 통해 진리에 도달하지요. 저는 제가 말한 모든 것이 엄밀하게 옳다고 생각하고, 아니면 적어도 진실과 멀지 않다고 믿어요. 진실에서는 많은 것을 고려할 수 있는데 왜냐하면…… 우리가 어디로부터 왔지요? 그리고 아직도 더 있는데……."

아부 아산은 질문을 한 것을 즉시 후회하고 멍하니 바라보았다. 그리고 미소를 지었다. 잠시 후면 은하계의 최대의 범죄자를 체포할 것이다.

***

"더 이상 얘기는 필요 없어. 나는 너희 두 사람도 원했으니까.

미나, 여기를 청소해. 미나, 저기를 청소해. 미나, 너에게 크레딧의 수를 올려 줄 수 없어. 미나, 네가 얼마나 조심성이 없는지 좀 보라고. 미나, 내 비서와 바보 같은 짓 하지 마. 미나, 오늘 밤에 내 침실로 와. 미나, 이것 좀 해. 미나, 저것 좀 해,라고 시키지. 그리고 결국 너희들은 내 손안에 있어…… 내 빗자루 안에. 보다시피 흔한 일은 아니지."

미나가 빗자루의 손잡이를 양손으로 돌리고 그것을 한 바퀴 돌리자 끝에서 푸르스름한 빛이 나타났다.

대통령은 몸부림을 쳤다. 그 기계를 알기 때문이다. 비인간화하고 국화과 식물의 음료를 마시고 모든 지역을 조종할 권리가 있는 '49명'의 두 배에 해당하는 비밀요원을 위해 만들어진 최신 레이저 무기였다.

"그것을 어떻게 훔쳤지?"

미나는 냉소와 풍자가 가득한 미소와 매력적인 모습을 보였다. 대통령은 왜 전에는 그녀에게서 그런 매력을 느끼지 못했는지 궁금했다.

"간단하지. 거기서 청소를 하니까."

지체하지 않고 미나는 조르드가 방심한 틈을 타서 레이저를 발사했다.

분명히 쾌활한 조르드의 마지막 생각은 그를 죽이려는 여성을 야전용 침대로 데리고 가는 것일 테지만 무언가, 아니 정확히 말해서 누군가가 그의 운명에 개입했다.

확실한 것은 모두가 입이 벌어질 정도로 놀랐다는 것이다. 왜냐하면 아나가 레이저 빛과 조르드 사이에 끼어들었기 때문이다.

조르드는 믿을 수가 없었다. 아나가 그의 생명을 구해 준 것이다. 그녀가, 그의 적이 지금 바로 그의 앞에 쓰러져 있었다. 분노를 느끼며 미나를 바라보았다. 하지만 그의 모든 관심은 아나에게 있었다. 무릎을 꿇었다. 아직 살아 있었다. 그녀를 안고 무슨 말인가를 중얼거렸다. 그의 얼굴에서 그녀의 손길이 느껴졌다. 서로 바라보았다. 1초도 안 되었다. 그때 무언가가 그의 이마를 세게 치는 것을 느꼈다.

"꽤나 낭만적이군 그래!"

조르드는 다시 그의 배를 세게 치는 것을 느꼈다.

"잘 생각해 보면, 그녀의 말이 옳아. 너에게 레이저를 낭비할 필요가 없어…… 몽둥이로 때려서 죽이는 게 더 낫지. 그리고……." 폭소를 터뜨렸다. "돌로 때려서…… 둥근 돌로……."

안팎으로 충격을 받은 가엾은 조르드는 그 순간에 키르시와 카르멜로가 들어오지 않았더라면 불행을 겪었을 것이다.

상황은 매우 어려웠다. 어느 누구의 허락도 받지 않고 세계 대통령의 관저까지 들어올 수 있었던 것에 대해 행복해하던 카르멜로와 키르시의 만족감은 즉시 사라졌다.

카르멜로는 바닥 한쪽에서 몸이 뒤틀려 누워 있는 아마폴라를 알아보았다. 그녀의 옥색 빛이 나는 금발은 헝클어져 있었고 푸르스름한 초록색 눈은 허공을 향해 있었다. 그의 마음속 깊은 곳에서 아픔을 느꼈으나 그녀는 이제 그의 꽃이 아니었다. 완전히 달라 보였다. 패배한 경호원 같았다.

다른 쪽에는 전 대통령이 역시 바닥에 몸이 뒤틀린 채 누워 있었다. 왼쪽 어깨에 난 깊은 상처가 가슴까지 이어졌다. 아직 살아 있었으나 오래가지 않을 것 같았다.

그리고 마지막으로 그의 원수 조르드가 고통으로 몸부림치며 한 여자가 노련하게 때리는 것을 피하려고 했다.

"멈춰!" 그가 소리쳤다.

여자가 돌아보자 카르멜로는 그녀를 알아보았다.

"당신은…… 내가 고문당할 때 들어왔던 청소부로군……."

미나는 사악하고 요염한 미소를 지었다.

"오늘 할 일이 왜 이렇게 많은지!"

미나는 큰 소리를 지르면서 손에 들고 있는 빗자루를 카르멜로를 향해 던졌다. 그녀의 손은 리아스 바하스나 에브로 강의 삼각주나 어느 곳에서든 호랑이와도 싸울 태세였다.

하지만 카르멜로는 다른 사람들과 같은 성질로 되어 있지 않아서 미나의 파괴력 있는 공격을 쉽게 피할 수 있었다. 그러는 동안 키르시는 어쩔 줄 몰라 하며 한 모퉁이에 잠자코 있었고 조르드는 아나가 있는 곳까지 기어갔다. 그녀는 순간적으로 의식을 회복했다.

카르멜로와 미나의 현란하고 흥미로운 싸움이 계속되는 동안 조르드는 아나의 손을 꼭 잡았다.

"왜? 왜 그랬소?"

하지만 아나는 간신히 숨을 쉴 수 있었고 은하계에서는 유일하게 사로잡을 듯 깊고 꿀의 색을 띤 커다란 눈으로 그를 바라볼 뿐이었다. 마지막으로 피투성이가 된 손을 들어 그의 머리를 쓰다듬었다. 그리고 긴장을 완전히 풀고 숨을 거두었다. 조르드는 그의 생에서 처음으로 세상과는 상관없이 꼼짝하지 않았다.

그러는 동안 상황이 카르멜로에게 불리하게 돌아갔다. 그가 모든 힘과 수단을 다했음에도 궁지에 몰렸다. 미나도 사지가 멀쩡한 사람이라 몸을 빨리 움직이고 더 세게 때리고 더 강한 힘을 보여 주었고 다른 사람들보다 그를 더 세게 밀쳤다(그를 수영장에 빠트리듯이 밀쳤다). 그래서 차츰 카르멜로를 한 모퉁이로 몰았고 그가 미끄러지는 바람에 아마폴라와 매우 가까운 바닥에 부딪혔다.

미나는 미소를 지었다.

"비록 당신이 우세한 힘을 갖고 있을지라도 나의 레이저에 대항해서는 아무것도 할 수 없어."

카르멜로는 키르시를 바라보았다. 그녀는 작은 모퉁이에서 꼼짝하지 않고 숨어 있었으며 탈출구가 없다는 것을 알았다. 미나가 그를 이긴 것이다.

그때 필연적인 일(적어도 소설에서는 그렇게 형식을 맞춘다)이 일어났고, 1초 동안 그의 인생이 그의 앞을 주마등처럼 지나갔다. 그는 미소를 지었다. 비록 개집으로 들어간 고양이보다 더 장래가 암울하지만 적어도 영광스런 순간을 지냈고 그것에 대해 다른 많은 사람들은 그만큼 자부심을 가질 수 없다.

그는 벌떡 일어나서 한 바퀴 뺑 돌고는 목이 터져라 노래를 부르기 시작했다.

"당신 옆에서는 내가 안전하다고 느끼고 당신 옆에서는 의심할 바 없이……."

그 노래를 듣자 가여운 미나는 이미 많은 사람을 죽였기 때문에 무안해하면서 어쩔 줄을 몰라 했다. 지금까지 그녀에게 노래를 불러 준 사람이 없었기 때문이다.

카르멜로는 미나가 엉거주춤하는 틈을 타서 고양이처럼 재빠르게 그녀의 손에서 레이저 빗자루를 빼앗고 다시 상황을 주도했다.

"이제 잠자코 있어. 그렇지 않으면 레이저를 발사할 거야."

미나는 초조해서 주변을 둘러보았고 뒷걸음질(하는 수 없이) 칠 수밖에 없었다. 그녀는 키르시 옆에 넘어지면서 날렵하고 깨끗한 손으로 그녀를 꼼짝 못하게 하고(《최선을 다해서 방어하고 그렇지 않으면 어려움이 따를 것이다》라는 버추얼 비전의 프로그램에서 배운 것이다) 올린 머리(미나는 항상 머리를 올리고 있었다)에서 멀티미디어 상호통신기의 기능을 가진 최신 레이저 안전핀을 꺼냈다.

"빗자루를 놓지 않으면 이 여자가 새까맣게 타 버릴 거다." 헐떡거리며 말했다.

"안 돼." 키르시는 자신의 눈짓으로 그 빗자루를 빨리 놓으라고 애원을 하면서 소리쳤다.

"돼."

"안 돼."

"돼."

미나는 안전핀을 키르시의 목에 대고 눌렀다.

"좋아, 아마도……."

카르멜로는 두 여자를 놀란 눈으로 바라보았다. 만일 방법을 알았다면 전 청소부 여자를 죽이기 위해 레이저 빗자루를 사용했을 것이다. 하지만 레이저 빗자루를 어떻게 사용하는지 전혀 알지 못했다.

"오케이(사실 "오, 뭐야"로 발음함)."

그리고 빗자루를 놓았다. 미나가 발정 난 스컹크처럼 자신의 빗자루 위로 덮쳐서 키르시에게 발사하자 키르시는 힘을 잃고 바닥에 쓰러졌다.

"안되애애애애애!"

카르멜로는 키르시가 쓰러지는 것을 막기 위해 바닥을 향해 몸을 던지는 동안 울부짖었다. 하지만 그녀의 무기력한 육체만 붙잡을 뿐이었다.

미나는 상황을 관찰했다. 옷에 묻은 먼지를 솔로 털던 승리자들, 모든 여성의 본보기였던 여성들, 자신들의 여성들 앞에 무릎을 꿇는 두 남자가 있다. 미소를 지었다. 미나는 여성 승리자들을 증오했다. 그 여자들은 항상 모든 것을 차지했다. 그녀들의 애인, 가장 좋은 직업, 그 이외의 존엄성……. 미나는 자신의 어린 시절을 떠올렸다. 승리자와는 거리가 먼, 친구도 없고 섹스도 없고 권리도 없고 아무것도 없는. 세상에는 권력과 크레딧보다 좀 더 나은 것이 있는데, 그것은 승리자들인 그 악명 높은 종족을 없애 버리는 것이다. 그녀들의 애인과 연인과 공범자들을 없애 버리는 것이다.

미나는 빗자루를 잡고 그것을 카르멜로에게 겨누었다. 그녀의 입가에 미소가 번졌다. 1초만 지나면 모든 것이 끝날 것이다. 카르멜로가 넋을 잃고 있어서 절대 저항을 하지 않을 것을 확신했기 때문이다.

이제 내가 무엇을 쓸 수 있는가, 한숨을 내쉬는 짧은 시간에 일어난 일을 써야만 하는 가엾은 작가. 유성이 하늘을 통과하는 데 걸리는 시간, 신호등이 초록색으로 바뀔 때 뒤편 차량이 기적을 울리는 시간, 바로 그 순간에 아우로라가 로켓처럼 들어와서 카르멜로를 막아 주면서 그를 대신해서 온몸에 레이저 공격을 받는 순간에 대해 무엇을 쓸 수 있는가.

미나는 세상과 자신의 운이 나쁜 것에 대해 불평을 하며 외톨이가 되었다고 여러 차례 되뇌고 아우로라, 카르멜로의 49세대의 가족까지 기억을 하고, 둥근 돌을 발견한 날을 저주했다.

미나는 그날 기분이 매우 나빴다. 아무도 그녀에게 관심을 보이지 않았고 그 대신 우리의 새로운 영웅 아부 아산 형사의 레이저 공격을 받았다(기습적이었다). 이 형사는 아우로라보다는 조금 늦었지만 곧 뒤따라 들어와서 단테풍의 장면을 보고 즉시 레이저를 발사했다.

미나가 불평을 하면서 이 세상에 나올 때처럼 이 세상을 떠나자 카르멜로는 자신의 마음속에서 새롭고 드라마틱한 변화를 감지했다.

이번에는 종소리와 음악소리가 들리지 않았고 노래를 부르고 싶은 마음도 없었다. 하지만 그의 눈은 아우로라의 눈에 고정이 되었고 마음속에서 무언가 새로운 것을 느꼈다. 말이나 음악으로 표현을 할 수 없고 글로는 더 표현을 할 수 없는 것이다.

***

한 모퉁이에서 실제로 모든 사람들의 관심을 받지 못한 둥근 돌이 사람들이 연출하는 드라마를 재미있게 바라보는 것 같았다. 그러면서 마침내 그들이 돌에 말라비틀어진 많은 피를 닦을 것이며 그것으로 때리는 일을 그만둘 것이라는 생각을 했다.

이 책에 연관된 거의 모든 사람들에게는 다행스럽게도 49세기에는 의술이 엄청나게 발전했다. 그래서 누군가를 죽이려면 정말 제대로 해야 한다. 두세 개의 세포와 창의력으로 기적을 일으킬 수 있기 때문이다(분명히 백만장자이거나 매우 유명하다는 전제조건하에서).

그럼에도 불구하고 어느 누구도 아름다운 키르시, 속을 알 수 없는 아마폴라, 대단한 아나와 가엾은 라미로를(다행스럽게도 그는 병원 의사의 차 위로 쓰러졌다) 종합병원에서 4개월 9주일간 지내게 하는 것을 면해 주지 않았다.

4개월 9주일은 기나긴 달이고 기나긴 주다. 복잡한 세상으로

부터 자기 자신을 다시 찾을 수 있는 시간이다.

회복기 동안 키르시는 라미로를 알게 되었다. 처음에는 그에게 관심도 갖지 않았지만 시간이 흐르면서 그의 단순함과 그의 넓은 마음과 그의 튼튼한 체력에 사로잡혔다. 그들은 큰 냄비에서 알게 되었다(회복 초기에 환자들을 머리만 빼고―앞부분에 나옴―액체가 있는 탱크에 담그는데 의사들끼리는 이 탱크를 냄비라고 부른다).

그들은 한 탱크 속에 있었는데 등을 마주 대고 있었다. 서로 마주보지는 않아도 재미있는 대화를 많이 나누었다. 당연히 그것만으로는 두 남녀가 사랑에 빠지는 데 충분하지는 않았다. 하지만 서로 얼굴을 마주 보았을 때 키르시는 그 몸집이 큰 남자가 자기가 누구인지 모르고 자신이 누구인지 전혀 감도 잡지 못하지만 자기와 함께 있는 것을 즐기는 것에 대해 깊은 감명을 받았다(키르시는 화장도 하지 않았다).

반면 대통령의 스위트룸에서는 아나가 회복을 하고 있었고 항상 조르드와 함께 있었다.

나는 그들에 대해서는 글을 쓰지 않을 텐데 왜냐하면 분명하게 독자는 매우 영리해서 상황을 완벽하게 상상할 것이다. 단지 조르드가 카르멜로의 아버지를 석방해 주었고 그를 세계의 대통령(아나가 병원에서 퇴원을 하자마자 공식적으로 시행될 것이다)으로 임명했다는 것만 언급하려고 한다. 또한 그들이 메노르카

(세상의 모든 행복한 사람들이 살았다고 하는 이상한 섬이지만 대부분의 사람들은 하나의 도시 전설로 생각한다)에 작은 집을 샀다는 것만 얘기를 하련다.

아마폴라는 완전히 회복되어서 카르멜로의 아버지인 세계 대통령의 새로운 경호원이 되었다.

아부 아산은 이미 은하계에서 가장 유명한 형사가 되었고 은하계에서 가장 천한 말을 하는 리포터인 바비 밀로스와 인터뷰를 했다.

모두들 대개 행복했고 가엾은 미나(사회의 무고한 피해자)조차도 행복했다. 그녀는 다시 부활해서 알파 은하계로 보내졌다(조르드는 아나를 '만나게' 해 주었다는 것에 감사를 하면서 처음에는 그녀의 생명을 구해 주었고 그 다음에는 비인간화에서 구해 주었다). 그리고 그녀의 생명이 끝날 때까지 구아리파체스를 돌보았고 인생의 잔인함과 부의 허무함과 권력자들의 폭정에 대해 쉬지 않고 불평을 했다.

그렇다. 카르멜로와 아우로라만 빼고 모두 행복했다.

카르멜로는 며칠 동안 끔찍한 시간을 보냈고 그동안 의사들은 용감하게 아우로라의 생명을 구하려고 노력했다. 마침내 그녀의 몸은 되살아났지만 마음까지 그러지는 못했다. 카르멜로는 그녀를 매일 방문하고 그녀에게 꽃을 보내고 달밤에 소나타를 불렀지만 허사였다. 아우로라는 자폐증 환자 같았고 아무도 왜 그런지 이유를 몰랐다.

카르멜로는 아무것도 이해하지 못했다. 키르시에게 자신이 그녀를 사랑하지 않는다는 것을 고백한 것이 잘한 일인지 이해하지 못했다(키르시를 실제로 사랑하지 않는다는 말을 하는 것이 카르멜로에게는 쉽지 않았다). 당연히 키르시가 라미로를 좋아한다는 것도 알지 못했다. 카르멜로는 아우로라가 그런 식으로 자신의 생명을 구해 주고 지금은 자기에 대해서 왜 알고 싶어 하지 않는지 이해하지 못했다. 그녀가 아무 흔적도 없이 사라진 날도 이해하지 못했다.

하지만 그 순간부터 단지 슬픈 노래만 불렀다.

"If you leave me now, you take away th biggest part of me……"

그러면서 모네그로스 지역 주민들이 키우는 종종걸음을 걷는 여윈 말처럼 쉬지 않고 깊은 한숨을 내쉬었다.

"그것이 인생이지." 아부 아산이 그에게 말했다. "어떤 때는 올라가고 어떤 때는 내려오고. 나는 이 말을 49번 반복했지. 그것이 인생이라고."

에필로그

 대중은 조르드와 아나가 말 한마디를 하거나 동작을 할 때마다 열광을 했다. 거대한 날이고 축제일이고 전 은하계 수백 명의 기자들이 취재하고 있다. 조르드는 카르멜로의 아버지를 공식적으로 새로운 세계의 대통령으로 선포하고 둥근 돌과 그 내용물을 푹시아 관저의 박물관을 위해 전달하며 음악금지법을 폐지하겠다는 철회할 수 없는 결정을 발표했다(만일 그렇지 않다면 영웅인 카르멜로는 영원히 법을 어기는 셈이다).

 둥근 돌이 열리고 세 권의 책이 나타났다. 한 관료(나이 많고, 고대 학파 중의 한 사람이고, 조각 같은 여성들을 관찰하기를 좋아하고, 톡 쏘고 맛이 짭짤한 푸타네스코식 마카로니를 먹기를 좋아하고 석양의 희미한 빛에 소박한 집의 현관에 앉아서 궐련을 피기를 좋아하는데 멀리서는 도로에서 자동차 소리가 들리고 이웃집 여자가 젖은 시트 속에서 즐거운 신음을 하고 있다)가 단호하고 안정된 목소리로 책의 제목을 읽었다. 송자의 『전쟁의 기술』, 아르기냐노 선생의 『건강한 인생을 위한 에로틱한 요리법』 그리고 노래집(이것은 아마도 오래전인 20세기 때의 것이라 매우 많이 낡았다).

새롭고 빛나는 세계 대통령은 세 권의 책의 일부를 읽도록 결정하고 전 여성 대통령에게 『전쟁의 기술』의 일부분을 읽어달라고 했다. 이 여성은 처음에는 수줍어서 거절을 했지만 열광적으로 외치는 대중들의 요구로 읽기로 했다. 대중은 그녀에게 아름답고 우아하다고 외쳤다. 아나는 책을 받아 목을 가다듬고 꾀꼬리와 방울새와 멸종된 다른 새들이 시기할 정도의 밝고 리드미컬한 목소리로 낭독했다.

"전쟁에서 최고의 기술은 싸우지 않고 적을 굴복시키는 것이다. 전쟁이 지속되면 어느 나라에게도 이롭지 않으므로 싸우지 않고 이기는 것이 최상이고 그것을 위해 전략을 사용해야 한다."

사람들은 그녀가 은하계 최고의 아름다움이라고 생각하고 그녀의 뒷모습에 견줄 만한 사람은 없다고 했다. 그녀는 책을 관료에게 건네주어 송자의 책을 계속 읽도록 했다. 하지만 테이블 밑에서 누군가 발길질을 하면서 그 책 대신 에로틱한 요리법을 읽으라고 명령했다. 대중들도 전쟁보다는 요리법을 더 좋아했고 주의 깊게 에로틱한 요리법을 듣고 있었다.

새로운 대통령은 작은 소리로 조르드에게 즐기라며 그 요리책을 결혼선물로 주겠다고 했다.

카르멜로는 아버지의 옆에서 지루해하며 슬퍼하고 있었는데 그때 아우로라가 나타났다.

둘은 서로 바라보았다. 아무 말이 없어도 서로가 통하는 그런 눈빛으로 말이다.

대통령은 노래를 한 곡(시와 유사한데 곡조를 모르기 때문이다) 읽겠다고 발표하고 아부 아산, 아우로라와 카르멜로에게 그들의 의무 이상의 공적에 대해 상을 수여했다.

관료는 그 노래가 지난 세대의 마지막 사람이 지은 것 같다고 했지만 그것을 잘 이해할 수 없다고 했다. 제목도 이해를 할 수 없지만 '둥근 돌'과 유사한 뜻을 가지고 있었다.

카르멜로는 갑자기 생긴 통찰력으로 모든 것을 깨닫게 되었다.

마침내 모든 것을 이해하게 되었다. 아우로라가 자신을 사랑할 수 없는 이유는 자신이 그녀를 동정하고 있고 자신의 생명을 구해 준 것에 대해 고맙게만 생각하고 있다고 여기기 때문이었다. 아우로라는 자기 자신을 사랑하지 않으며 이것이 모든 문제의 원인임을 이해했다.

관료가 낭송했다.

내가 가지고 있는 것을 내가 가지고 있다.
이 어리석은 가방과 이 어리석은 육체에
내가 원하는 것은 항상 멀리 있는데
아마도 이 어리석은 길의 마지막에······.

그리고 그때 곁눈질로 카르멜로는 내리막길을 보았다. 아름답고 석남화와 자작나무와 아카시아와 재스민이 가득한 길이었다. 마음속에 동요를 느끼고 대중에게서 멀어지기 시작했다.

······우우우우 단지 영혼에서의 너의 목소리의 입맞춤
우우우우······ 내 주변의 너의 육체의 향기······.

마지막으로 아우로라를 보았다. 아무 말이 없어도 모든 것을 알 수 있는 눈빛이었다.
실업중인 재무부의 백여 명의 조사관들이 추적이라도 하듯 달려 나갔다.

······나는 너무 외로워 어느 방향으로 달려가야 할지 모른다
원숭이들의 파티에 도착한 이상한 새처럼······.

아우로라는 그를 따라갈 동작을 하다가 멈췄다. 다시 한 번

더 생각했다. 그때 아부 아산이 그녀의 엉덩이를 세게 밀치고 그녀에게 소리쳤다.

"달려! 바보야, 달려!"

도로의 공기여, 나를 데려가 다오
아무도 나를 찾을 수 없는 곳으로
따스하고 푸른 공기여 나를 데려가 다오
너의 빛에 나를 매달리게 하면서.

아우로라는 미친 여자처럼 카르멜로의 뒤를 따라 달렸다. 반면 장관, 대통령, 바비 밀로스와 그의 어머니는 놀라서 그들을 바라보았다. 관료는 그의 낭송을 끝냈다.

어디에선가 누군가 써야만 한다
이 세상은 하나의 커다란 둥근 돌이라고
나는 너무 외롭다. 어느 방향으로 달릴지 모른다
원숭이들의 파티에 도착한 희귀한 새처럼

사람들은 수줍어하며 박수를 쳤다. 왜냐하면 실제로 그 뜻이 무엇인지 하나도 이해를 하지 못했기 때문에.

에필로그 후편

(이제 거의 끝나 간다.)

아우로라는 카르멜로를 따라잡을 수 없다는 것을 알면서도 내리막길을 아프리카산 영양처럼 달려갔다. 카르멜로의 발걸음은 화려한 타조(수백 년 전부터 통조림으로만 존재한다)의 발걸음에 비교할 수 있다. 하지만 그녀에게는 전혀 중요하지 않았다. 이미 결심을 했고 그를 따라잡으려고 노력했다. 한 노파를 피하고 도로 중간쯤에서 커브를 돌기 위해 잠시 속도를 줄이고 뛰다가 뒤돌아서는 카르멜로와 마주쳤다.

그는 미소를 지었다. 그는 아무 말 없이 눈으로 "늦었네. 너를 반 시간 동안 기다렸어."라고 말하고 있었다.

두 사람은 손을 잡고 그들의 나머지 인생 동안 수천 개의 내리막길을 같이 내려갔다.

　그렇다. 카르멜로는 어느 누구도 전혀 상상하지 못하던 것을 얻으면서 완전히 영웅이 되었다.

Fin(에필로그 후편).

이 책에 해결되지 않은 점이 있다.

문제들을 해결하지 않고 내버려 둔다는 비난을 받지 않고 독자들이 이 사람과 다른 사람들은 어떻게 되었는지 고민을 하는 것을 피하기 위해, 여기 등장인물들의 이야기를 간단하게 소개한다.

하지만 작가, 즉 나는 독자들이 이 부분을 먼저 읽지 않기를 간청한다. 만일 이 부분을 먼저 읽으면 책이 하나도 재미가 없어지기 때문이다.

돈 페드로, 즉 '선행과 사회보건부'에서 카르멜로의 상사였던 이 사람은 자신의 옛날 비서인 메테 마리(메테로 알려진)와 사귀

게 된다. 이 여자는 돈 페드로를 인간다운 사람으로 만들고 그를 소설의 한 등장인물이 되게 했다. 그것을 15년 만에 해내면서 기록을 세웠는데 그 시간에 은하계를 10번 돌았다.

가엾은 라미로를 거의 강간하려고 했던 간호사는 우연히 아나의 비서인 패트릭을 알게 되었다. 두 사람이 슈퍼마켓에서 물건을 사고 있을 때인데 그녀는 그의 눈을 바라보았고 그는 그녀의 앞가슴을 보았고 그녀는 그의 귀에 대고 중얼거렸고 그는 그녀의 손을 잡았으며 그녀는 천진난만하게 윙크를 하고 그는 그녀를 음란하게 바라보았다. 패트릭은 간호사를 포함시키기 위해 불성실한 여성에 대한 그의 모든 기준을 또 다시 세웠다. 두 사람은 4개월 9일 동안 함께 행복하게 살았지만 패트릭의 기력이 쇠하는 바람이 이런 생활은 끝이 났다.

레몬 같은 표정의 의사(간호사가 전에 알고 지내던 사람)는 피곤한 목소리로 어느 누구라도 그렇게 야만적으로 섹스를 오래 하면 그런 일을 겪게 될 것이라고 하면서 관계당국에 가엾은 간호사를 평생 동안 변두리의 작은 의료센터에 가두어 두라고 조언했다. 그는 그 센터의 주인이었다. 1년 뒤 의사의 레몬 같은 표정은 한번 미소를 지었다 하면 입을 다물지 못할 정도로 변했다. 마치 치약을 선전하는 사람들과 같은 표정을 지었다.

병원에서 카르멜로와 같은 병실을 사용하면서 간호사가 그를 강간하려는 것을 목격한 발정기의 환자는 어떻게 되었는지 모르며 그 사람에 대해 아는 독자가 있으면 나에게 알려 주기를 바라며 그 내용을 넣어서 책을 다시 출간할 것이다.

'대외공격부' 장관에 대해서는, 이 장관에게 대체 무슨 일이 일어났는지 누가 궁금해하겠는가?

'선행과 사회보건부' 장관은 무례하고 ○○○의 권리(작가가 누구의 권리인지 잊어버렸다)를 옹호하는 시위를 하는 동안 공중도로를 더럽혔다는 이유로 체포되었다. 그리고 한 간수에게 욕을 했다는 이유로 비밀리에 목숨을 잃었다.

보이트＆호프만은 기이한 두 사람이다. 이 사람들은 살아 있을 때 두통을 측정하는 척도를 발견했고 이후에 모든 사람들이 과학에 관한 모든 것들을 측정하는 데 사용했다.

카르멜로를 치료하기 위해 의사를 도와주고 아우로라가 위로를 해 주던 간호사는 카르멜로 팬클럽을 만들어서 모든 팬들이 주는 돈으로 이벤트를 조직하고 여기저기 여행하면서 행복하게 살았다.

라미로는 전문적인 폭력배로 활동하는 것이 얼마나 나쁘고 자신이 지극히 사랑하는 키르시가 얼마나 좋은지를 알고 난 후에 정신을 차렸다. 그래서 두 사람은 가정을 이루었고 그녀의 수백만 크레딧으로 마사지숍(건전한 곳이지만 보는 관점에 따라 그다지 좋지 않은)을 열었으며 세계의 모든 엘리트들이 고객이었다. 키르시는 수년 동안 우주에서 가장 비싼 톱모델로 활동하다가 이 일에 싫증을 느껴 '인텐시브 멀티미디어 마사시 테라피'라는 주제로 메사추세츠 대학에서 박사학위를 돈을 주고 사서 라미로를 돕고 구아리파체스 동물의 자유와 권리를 위해 은하계를 돌아다니면서 강연을 했다. 라미로를 괴롭히는 유일한 문제는 취미가 없어졌다는 것이다. 마사지가 그의 직업이 되었기 때문이다. 하지만 이 문제는 다른 이야기이고 다른 기회에 좀 더 찬찬히 다룰 필요가 있다.

다빗 비스발, 달 리가 만든 분수 근처에서 작은 농장을 가꾸던 나이 많은 정원사는 그의 사랑하는 부인과 함께 오랜 세월 동안 행복했다. 2월 14일(수천 년 전에 다국적 기업들이 만든 발렌타인데이)마다 감옥에서 탈출해야 한다는 걱정만 빼면 평온한 생활을 했다(분수 밑에서 카르멜로와 아나 로페스 데 모나스테리오 구렌을 흉내 내며 자기 부인과 공중도로에서 에로틱 파티 같은 장면을 연출했다는 이유로 그를 감옥에 가두었다).

'도시 파괴와 행성 회복부' 장관은 '사회 정보·문화와 불필요한 조직부' 장관이 되었다.

'사회 정보·문화와 불필요한 조직부' 장관은 '도시 파괴와 행성 회복부' 장관이 되었다. 그리고 도시 최고의 축제를 계속해서 열었다.

아마폴라는 자신의 상사이자 카르멜로의 아버지와 결혼을 해서 오랜 세월 동안 매우 행복했다.

아부 아산 형사의 고양이는 닥치는 대로 소포란 소포는 다 뜯었고 하루는 보티폴에게 갈 소포가 실수로 형사에게 전달된 소포를 뜯었다. 붐!(격언집에 이런 말이 있다. '호기심 때문에 고양이가 죽었다.')

아부 아산은 간단히 말해 최고다. 독자들에게 무슨 말을 하겠는가? 아우로라와 카르멜로에게 아버지와 같은, 아니, 그건 너무 지나치고 다른 기회에 얘기를 하는 것이 나을 것이다.

완벽하고 진지하고 코카콜라와 귤, 당근과 사과주스를 좋아하는 사람, 퍼즐을 잘 맞추는 중사, '지옥 같은 천국'의 아름다운 경비 리고베르타, 경찰의 중사의 부관, 조용하고 차분하고 거북이와 달팽이를 좋아하는 이 사람에 대해서는 좋은 냄새가 계속해서 나는 것으로 유명한 Fa 행성으로 이민을 가서 그곳에 거주하는 49명의 주민들에게 사랑과 존경을 받는 권세 있는 지주들이 되었다는 사실만 알려져 있다.

바비 밀로스, 은하계에서 가장 유명한 리포터에 대해서는 그의 멀티미디어 홈페이지에 기재된 것 외에 할 말이 없으며 어찌 되었든 모든 사람들이 바비에 대해 충분히 알고 있고 텔레에 대해서도 마찬가지다.

지옥에서 멋진 마사지를 하던 의로운 '창녀'는 아부 아산과 눈이 맞아서 그의 부인이 되었다는 것밖에는 알 수가 없다. 하지만 아산이 그녀의 이름과 과거를 바꾸어서 더 이상 그녀에 대해 알 수가 없다. 조립한 것을 모두 해부하지 않으면 말이다.

'비공공장소 전략적 위생부서 24보병대 모퉁이 II 섹션 V 적은 압력 하에 지속가능한 개발과 나쁜 환경부'의 보조업무 책임자는 인생에서 아무것도 이루지 못했다. 그 이유는 그의 상사가 내리는 근거 없는 명령까지 다 복종을 했고 더 나아지고 무언가를 해 보려는 노력을 하지 않으면서 늦장을 부렸기 때문이다.

코알라 같은 얼굴을 가진 즉결심판 판사는 즉결심판 조수인 마리오나와 눈이 맞았는데 운이 없게도 자기 부인에게 들키고 말았다. 불운은 레이저 분쇄기로 총을 쏘는 실험을 하는 것이다.

그리고 글을 읽을 줄 알던 관료는 손자의 『전쟁의 기술』과 아르기냐노의 『건강을 위한 에로틱한 요리법』을 처음부터 끝까지 다 읽었다. 그의 인생의 마지막에 다른 사람들보다 더 많은 섹스를 즐겼고 더 많은 힘과(비록 그것은 당연히 부수적이지만) 그 누구보다 많은 돈을 가졌다. 다른 사람들은 시간이 없어서 그 멋진 작품을 읽지 않았다(버추얼 비전이 오늘날 주민들의 생활에서 90+49퍼센트를 차지하게 되었다).

참고로 '미에르'는 다른 광고를 하지 않기 위해 책에서 사용된 브랜드로 실제로 무엇인지 알려지지 않았다. '49'는 행운을 뜻하는 신비로운 숫자. 아닐 수도 있고 그럴 수도 있고. 하지만 그게 뭐가 그렇게 중요해?

이거 아시는지?

이 세상은 하나의 거대한 '둥근 돌'에 불과하다는 것을.

Fin(이제는 정말 끝이다).

둥근 돌의 도시

초판 인쇄 l 2009년 6월 17일
초판 발행 l 2009년 6월 30일

지은이 l 마누엘 F. 라모스
옮긴이 l 변선희
펴낸이 l 심만수
펴낸곳 l (주)살림출판사
출판등록 l 1989년 11월 1일 제9-210호

주소 l 413-756 경기도 파주시 교하읍 문발리 파주출판도시 522-2
전화 l 031)955-1350   기획·편집 l 031)955-1366
팩스 l 031)955-1355
이메일 l book@sallimbooks.com
홈페이지 l http://www.sallimbooks.com

ISBN 978-89-522-1188-0 03870

책임편집 · 교정 : 김혜영

값 10,000원